小小说美文馆

# 七月的枣八月的梨

马国兴　吕双喜　主编

郑州大学出版社

**图书在版编目(CIP)数据**

七月的枣八月的梨／马国兴,吕双喜主编. — 郑州：郑州大学出版社,2021.1(2023.7 重印)
(小小说美文馆)
ISBN 978-7-5645-7521-2

Ⅰ.①七… Ⅱ.①马…②吕… Ⅲ.①小小说-小说集-中国-当代 Ⅳ.①I247.82

中国版本图书馆 CIP 数据核字(2021)第 002660 号

**七月的枣八月的梨**
QIYUE DE ZAO BAYUE DE LI

| | | | | | |
|---|---|---|---|---|---|
| 策划编辑 | 郜 毅 吕双喜 | | 封面设计 | 苏永生 | |
| 责任编辑 | 胡佩佩 | | 版式设计 | 苏永生 | |
| 责任校对 | 郜 毅 | | 责任监制 | 李瑞卿 | |

| | | | | | |
|---|---|---|---|---|---|
| 出版发行 | 郑州大学出版社 | | 地　址 | 郑州市大学路 40 号(450052) | |
| 出版人 | 孙保营 | | 网　址 | http://www.zzup.cn | |
| 经　销 | 全国新华书店 | | 发行电话 | 0371-66966070 | |
| 印　刷 | 永清县晔盛亚胶印有限公司 | | | | |
| 开　本 | 710 mm×1 010 mm　1／16 | | | | |
| 印　张 | 10 | | 字　数 | 149 千字 | |
| 版　次 | 2021 年 1 月第 1 版 | | 印　次 | 2023 年 7 月第 3 次印刷 | |

| | | | | |
|---|---|---|---|---|
| 书　号 | ISBN 978-7-5645-7521-2 | 定　价 | 35.00 元 | |

# 编委名单

**总策划**　任晓燕

**主　编**　马国兴　吕双喜

**副主编**　王彦艳　郜　毅

**编　委**　胡红影　连俊超　李锦霞　段　明

　　　　　孙文然　丁爱红　李　辉　邵钰杰

　　　　　郭　恒　牛桂玲　马　骁

# 序

任晓燕

　　"小小说美文馆"丛书这项出版工程，推举小小说作家，推出小小说作品，推广小小说文体，为进一步推动全民阅读工作常态化、规范化，提升国民素质和社会文明程度，共同建设书香社会，做出了应有的贡献。

　　纵观我国现代文学史，每一种文体的兴盛都有其复杂的社会文化背景。其中，传媒载体是一个不容忽视的重要条件。如大型文学期刊之于中、短篇小说，报纸文化副刊之于散文、随笔。现代社会，传媒往往引导着阅读的时尚。

　　当代中国的小小说，也是如此。

　　仅仅在三十多年前，小小说对于读者来说，还是一个较为陌生的概念。在称谓上也五花八门，诸如微型小说、一分钟小说、超短篇小说、袖珍小说、千字小说、快餐小说、迷你小说等。当时，全国没有一家小小说专业报刊，小小说作品往往作为报刊的补白或点缀，难登大雅之堂。与之相对应，小小说创作大都属于散兵游勇式的业余创作，没有专门从事小小说创作的作家。而全国性的文学评奖，更是从来就没有小小说的一席之地。

　　在这种情况下，1982 年 10 月，郑州小小说文化传媒有限公司的前身百花园杂志社，敢为天下先，在旗下的文学期刊《百花园》推出"小小说专号"，引起文学界的关注，受到读者的欢迎。此后，1985 年 1 月，《小小说选刊》正式创刊；1990 年 1 月，《百花园》改版为专发小小说的期刊。此外，百花园杂志社还多次举办小小说笔会、评奖等文学活动，先后创办小小说学会、函授学校等民间机构，不断推进小小说作家专集、作品选本等出版项目。

　　通过业界同仁多年不懈的努力，小小说已从点点泛绿到蔚然成林，以独立的姿态屹立于中国当代文坛，跻身"小说四大家族"，并进入鲁迅文学奖评选序列，在全国各地拥有逾千人的较为稳定的创作队伍，成为广大读者喜闻乐见的文体。

小小说是新兴的文体，又有着古老的渊源，在一定程度上，它与文学的起源密不可分：上古神话传说如《夸父逐日》《嫦娥奔月》《女娲补天》等，就具有小小说精炼、精美的叙事特征；春秋战国的诸子著述，不乏微型珍品；南朝刘义庆的《世说新语》，堪称我国最早出现的小小说集；宋代人编撰的《太平广记》，可谓自汉代至宋初野史小小说的集大成著作；清代蒲松龄的《聊斋志异》，创立古典小小说的高峰；现代鲁迅的《一件小事》等，开启白话小小说兴盛的序幕。

近几十年来，小小说之所以大行其道，是与其同现代生活节奏合拍密不可分的。从这个角度来说，小小说是一种最具有读者意识的文体。同时，小小说受到世人的普遍关注，根本原因在于展示出了宝贵的文学艺术价值。当代中国的小小说，继承了从古代神话到诸子寓言、从史传文学到笔记小说的叙事艺术传统，并与各种艺术形式的美学精神相通相融。比如对意象之美和境界之美的追求，就代表着中国文艺美学的主要传统，它是至高的，也是永恒的，也正是小小说艺术的自我要求。

文学创作的成功与否，不能以篇幅长短而论，最终还是看思想艺术上的成就。诸多优秀小小说作品，言近旨远，微言大义，给读者留下了难以磨灭的印象，其艺术含量和思想容量丝毫不逊于中、短篇小说。所以，小小说最能够、也最便于在读者心灵上打下烙印，原因就在于它的精炼和集中，常常呈现给读者引人入胜或发人深思的典型事件，性格鲜明的典型人物。小小说还是"留白的艺术"，把最大的想象空间留给读者，去回味、创造和补充。小小说对语言的要求很高，诗歌创作中的炼字炼意，对于小小说同样适用。

当代中国的小小说已形成气候，成为一种广阔的文学景观。今日，小小说已步入创作成熟期，以特有的艺术魅力丰富着我们的精神生活，也必将在文学史上留下自己的位置。在此，作为一位"小小说人"，我期望小小说作家像苍穹中的繁星那样，闪烁出五彩缤纷的个性之光。

（任晓燕，郑州小小说文化传媒有限公司董事长，《百花园》《小小说选刊》总编辑。）

# 目 录

1

# 仓万林的 2018

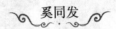

奚同发

准确地说，这是 2018 年的 5 月 4 日，一个中国人都知道的节日。管城的天空灰蒙蒙的，前一天预报有雨却没见下，这一天预报只是阴天，是否会下雨尚不好确定。

仓万林没有心情关注天气，一夜没有合眼的他，天刚亮就起床做早餐。待 4 岁的女儿收拾完毕，66 岁的爷爷可以陪她吃饭时，仓万林自己下楼去移车。昨晚下班晚，回来时小区已没车位，他把车随便停在了外边的街道上。

坐在车里，身处一个人的世界，仓万林望着前方，大脑一片空白。继而，他放声大哭。37 岁的仓万林哭得撕心裂肺，泪水滂沱，鼻涕横流……

爸爸的电话打来了，他立刻坚决地制止了自己的放纵，然后用手抹了一把脸，故作沉静地叫了一声："爸。"电话里爸爸只说了一句："时间差不多了。"他说："正在停车，马上回来。"

知子莫如父。这一刻，仓万林明白爸爸一定清楚儿子在做什么，这个电话是提醒他，还有许多事情要做，他为儿子担心。

仓万林知道自己的分量。虽然在别人眼里，在车外那些匆匆的行人眼里，他显得微不足道，甚至可以被忽略不计，但在这个家里，他已没有哭的权利。

今年 3 月 10 日，漫天雾霾。即使汽车限号，也对管城这座城市无济于事。可她——仓万林的妻子丁香——却兴高采烈。因为他们家里存款过百万元了，精确地说，是 101.2 万元。那是妻子有意而为之，把家里的各种人民币都集中起来。仓万林当时高兴地说："咱们终于成为百万富翁了。"妻子亲他一口道："争取有第二个一百万，第三个一百万。"他笑了，有点儿难为情。他们这个一百万，已是举全家之力，包括老爸从大学退休后的储蓄、妻子的父母的所有留存。平时，他们舍不得请保姆，生活尽量靠自己。这一百万元的累积，对他们来说，已是个奇迹。想一想，如果要买房的话，他们会立马变回穷光蛋。

房子，是老爸的。从他们结婚开始，就跟父母住在一起。直到 2017 年底，母亲去世。老爸把自己的所有收入尽皆交给他，并郑重地说："后半辈子就靠你了。"望着老爸日渐消瘦、几乎皮包骨头的身形，仓万林眼前竟然是自己小时候老爸伟岸的雄姿。老爸最常说的一句话是："孩儿，咋了？别哭，有爸呢！"刚退休时，老爸与老妈还计划着要天南海北地走遍四方，也就一两年工夫，他们就不大能走动了。尤其老妈因脑梗去世后，老爸的心脏病也日渐加重。近两年，他待在书房里的时间越来越多；话也少了，除了跟孙女在一起，说点儿孩子般啰唆透顶的话。比如，孩子会把一个看到的东西一遍遍重复,他也跟着重复。

几天前,妻子丁香因病住院,家的整个格面彻底改变。家里的一百万元先拿去三分之一,用来治病;同时,女儿桃桃要上幼儿园;他还担心老爸自己在家的安全,送老爸去养老院也是这几天不得不下的决心。

老爸毕竟是知识分子,很快就想通了。全家没办法处理目前的状况,老爸也没得选择,他自己已没法独自照顾自己。昨晚,老爸收拾自己的东西,包不多,其中还塞了几本书。老爸坐在书房里很久,那些他辛苦收藏了一辈子的书,就这样行将分离? 他曾一次次说:"天堂就是书房的样子呀!"仓万林没有勇气看一眼老爸放进包里随身不舍的书。那一夜老爸在书房里想了些什么,对书说了些什么,他不得而知。在他给老爸谈妥去养老院后,老爸的唯一要求是希望周末或月末能回来住一天。"毕竟……"老爸哽咽了。毕竟老爸曾在这所房子里住了三十多年。仓万林抢断老爸的话头儿说:"爸,爸呀,瞧您说的啥呀! 目前是不得已,等丁香的病好了,我们就接您回来一起住。现在主要是担心您一个人在家不安全。您放心,这段时间我一定每周末都接您回来。您还要带桃桃呢。"老爸点点头,泪含在眼里。此时此刻,两个大男人,谁都没掉泪。

接了老爸和女儿下楼,仓万林还勉强给老爸一个微笑,说:"咱先送桃桃吧。"老爸说:"好。"

桃桃不干了,立刻吵吵起来:"爷爷,爸爸,桃桃不想去幼儿园,不想去。桃桃要跟爷爷一起,跟爷爷一起去养老院。"

仓万林与老爸一时无语。

车发动了。望着无雨之城,仓万林两眼蒙眬,似被一层雨雾笼罩。

一周后,仓万林没有接回老爸,妻子病危。在生死关头几经抢救的妻子,不得不转院北上。老爸在养老院没说什么,只在电话里说了句:"忙你的。"一个月后,也没有接回老爸,仓万林刚开始四处借钱,向所有能想起来的亲朋好友东挪西凑……当然,房子的主意,那时还没有打。

# 意 义

奚同发

　　那一夜，我做了一生中最重大的决定，庄稼汉出身、被征兵四十多天的我，决定带着那个熟睡的婴儿逃跑，哪怕是被抓回去军法处置。

　　周遭枪声时而密如冰雹，时而消停下来，空气中弥漫着硝烟气味。夜幕下，那个刚出生仅几小时的婴儿，只喝了几小口水便香甜地入睡了，全然不顾外界的兵荒马乱。他不知道，在他脱离母体成为自己的同时，也失去了母亲——那个穿草绿色军装的女兵。

　　我是在田头被征的兵，几乎没经过训练便上了战场。虽然有人私下传说解放军已夺得大半个中国，但对于我们局部来说，也总有些国军的捷报。我们是在那天上午的一场围攻战中被打散的，不料中午刚过又与解放军的一支小队遭遇。没想到我们二十多人打了三四个小时，也拿不下对方那几个沙包掩体阵地。排长亲自督战，但效果并不明显。解放军人数虽然不多，但枪法很准。有那么一段时间，我们不得不撂下几具兄弟的尸体，纷纷后退。

　　天色向晚，排长十分焦急，组织我们再次冲对方阵地密集地扫射，然后借着各种地形掩体，猫着身子前进。一阵扫射过后，却意外地没有受到任何阻击。但大家都提心吊胆：对方掩体后是否会突然响起枪声？短暂的安静，

反而令人心惊肉跳。我不小心踢到一个空罐头盒子,引发了一阵咣啷啷的声响,惊得大伙儿哗哗哗匍匐在地。然而,没有枪声,对方甚至一点儿动静都没有。

身后的排长狠狠地瞪了我一眼,像是自语道:"都死光了吧? 弟兄们给我……"

他这句话还没有说完,对方沙包后突然响起一阵哇哇的婴儿啼哭,响亮而有节奏,底气饱满而锐利,在刺破静阒的傍晚的同时,制造出一派惊心动魄的恐慌,我们个个手足无措。

直到大个子站上对方的沙包,结结巴巴地喊:"班……班长,人都……都都都……死光球了……还有一个……个个个……女人刚生了……了了……娃娃……"我们才呼啦一下子起身,放开胆子冲过去。

大个子说的人死光了并不属实,至少我眼前还有两个男伤兵半靠沙包。他们身上多处中弹,有伤口还在冒血。他俩正在低语,其中一人说道:"指导员,虽然孩儿出生了……唉,俺们七个战士都……"另一个人仰望着天空,似乎还咧嘴一笑,说:"是呀,七个……可这就是咱打仗的意义,就是为了这些孩儿的将来不再打仗……"

我听得太明白了,他们的口音正是我们家乡沂蒙山那一片的。

突然,他俩竭尽全力地把手伸向各自腰间……我身边的枪响了。我想阻止,话没来得及出口。他们的腰间哪还有什么武器? 如此动作,不过是引诱我们开枪……

女兵在另一处沙包 T 形掩体的角落,我赶过去时,她好像刚费了半天劲儿给娃娃穿上一件改制的小衣服——显然是早有预备。然后,她把一件大人的草绿色军装裹在娃身上,把两个衣袖系成结。望着她那怜犊的目光和轻手轻脚的动作,兄弟们禁不住泪水涟涟。当她扯开衣襟,把奶头伸向娃时,我们都迅速背过身子……接下来的一幕,完全超出我们的想象——听到啊的一声惨叫后,我们再急转回身子,却看到那个女兵,那个刚做了母亲的

女人，用身边那把刚割断婴儿脐带的短刀，割断了自己的脖颈……

望着那个包裹着草绿色军装、正哇哇大哭的婴儿，我们个个泪如雨下，大个子则声盖婴儿，哭得山呼海啸。

入夜，围着婴儿，我们暂时忘却了战争和生死。傍晚只是象征性地接触了一下妈妈奶头的他，至此双眼好像都未能完全睁开。我们笨手笨脚地学着他妈那样用水壶给他喂了几口水，他竟旁若无人地安然入睡了。盯着那红扑扑的小脸儿，弟兄们的心都毛乱了。

半夜，在身边的鼾声中，我悄悄抱起婴儿，离开了那片焦黑的残垣断壁，没走出几步，忍不住回头——身后是班长的枪口。我大喘着气，心跳到了嗓子眼儿，直到他的枪口慢慢地垂下来，枪管朝我摆了摆。我撒开脚丫开始了人生最急迫的一次逃命。我成功了，或许因为那个婴儿。对了，他的名字叫建国。1949 年的春天，我跑出了自己人生最重要的一次改变。

后来呢？

后来我离休时，履历表上写的是新中国成立前参加的中国人民解放军。我在朝鲜战场还遇到过当初那晚上的几个兄弟。听他们说，不久，他们都起义了。

# 他们的模样

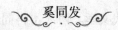
奚同发

走在路上，她还在想，这个时段，他们应该结束了吧……

周末回娘家，她总会站在楼下仰望父母家的窗口，给家里打个电话确认一下。这时段一般不能打给爸爸，以免穿帮。如果打给妈妈，电话一定要等到她接通，否则贸然回去也有可能穿帮。

她是一路上学到博士毕业，而后在重点高校当教授的高知。老公跟她一个路子。没多少人可以想象，他们这样的两个博士一起生活会是怎样。概括地说，两人各有属于自己的书房、学业、工作。一分为二的工作，延伸到生活，家里的一切也都要一分为二。概括说后，再用例证法：比如，今天要是你做饭，那就由他来洗碗；若他做饭，就由你来洗碗；衣服则是各洗各的。有了这样的大小前提，然后根据演绎推理原则，结论显而易见，二人世界宛若婚前各自的一人王国。

再延伸一下，他们之间的谈话很少。除了忙忙碌碌、按部就班、兢兢业业地工作之外，他们实在想不出来还有什么爱好。饭后的时间，各回自己书房，其实也不一定真的看书，常态是待着，桌面摊开一本书或者握笔在手，发愣或任思维漫天飞舞。似乎看书并非为了看书，而是一种消磨时间的姿势或表情。走神时，会想到，即使走过青春岁月，他俩好像也没有过多少激情，

所有的激情都给了书本。读本科时，都不大参加班级及学校的活动，目标很明确，把有限的时间用来读书考研，读研时又以如此逻辑准备着考博。工作之前，他们也没想过走到一起，似乎也没有多少人喜欢他们，双双是只喜欢闷闷地看自己的书，对其他没有兴趣，后来，这种共同点把两人凑在了一起。当然，是她先提出的。有一天，她对他说："咱们结婚吧。"他说："好啊。"他没笑，也没兴奋激动。就像一个教师跟她同事说："我明天有事儿，咱换节课吧！"对方说："好啊，我刚好也没事，那咱就换。"

她教古代汉语，他教当代文学。两人本科同班，到了读硕读博虽然都在一个学校，但学科上没有什么交叉，去书店买书、到图书馆找材料、写论文，完全是一个大概念下的两个子概念，逻辑关系是并列。

他们的生活有问题吗？没有吗？似乎正常中又不正常，总之不像别人家那样。到底自家的正常，还是别人家的正常？不好说。这其中是否有过偷换概念？或者某一个条件在演绎推理中出现了子项问题？一加一等于二没错，一个苹果加一个梨，等于两个苹果或两个梨，显然都有问题。两个高知，在各自专业领域很"高知"，在生活和婚姻的逻辑学中却模棱两可。

于是，她周末常回娘家。起初他同往。到娘家楼下，彼此一对视，她给妈打电话。进了娘家门，他常看着他们说家里原来的事儿，插不上话，受难一般坐也不是站也不是。她当然觉察到，有他在，她与父母好像也不能太放开说些什么。后来大约因为他有什么事儿，便说那个周末不跟她回娘家了。慢慢地就变成她对他说："我回家看看爸妈。""好。"他答应完便回自己屋了。到底怎么变成这句话的？到底她周末总回娘家是怎样起源的，实在弄不清楚，像弄不清楚他们读过多少书。

站在那栋年龄超过40年的灰楼下，电话打去，果真妈妈没接。再打，还没接。十多分钟后回过来，妈说："刚在厨房给你爸加俩菜，他那些老朋友又来了，正喝呢，你千万别回来，你又不是不知道，他一喝酒就吹牛，你这会儿应该在巴黎。另一个还说孩子在曼哈顿。这帮老家伙……你在附近再转一会儿,他们也差不多了……"

妈妈的声音说明她是快活到心底的。妈妈没上过班,爸爸是一个铁路检修工,两人这辈子总是热热闹闹。妈在电话里突然说:"坏了,不说了,汤要溢了……"她耳边顿时响起挂断电话的嘟嘟音。那就围着小区的几栋楼遛圈儿。周末,她多是如此。眺望一栋栋楼的窗口,各色的灯光都有,当然橘黄和白色的较多。有时一楼或低楼层的谁家还会传来争吵的声音,或摔了什么东西,或女人的哭泣声。

她与他,即使在自家也没高声说过什么,轻手轻脚怕影响了对方。她多久没有哭出声过? 更不要说放声大哭。突然有水滴滑落鞋尖,她发现是自己的泪。哦,两行冰凉的泪,悄无声息,也似怕惊扰了谁。

# 连 环 案

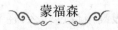

蒙福森

今晚,轮到衙役赵小五和王福贵值夜班。

赵小五和王福贵打着灯笼巡查了一番镇府的里里外外、前前后后,见无异常,遂关上大门,上了门闩,然后回到厢房,拿出几样荷叶包着的下酒菜、一坛苞谷烧,慢悠悠地喝起酒来。

夜深人静,四周寂然。

远处,有打更声依稀传来。偶尔,深巷中还有一两声狗吠。

不久,风起,灯火摇曳,渐渐地,风越来越大。未几,狂风大作,昏天黑地,天如墨盘,电闪雷鸣。瞬间大雨滂沱,豆大的雨点噼噼啪啪地敲打在屋顶上。

狂风过处,灯火欲灭。

喝了酒,赵小五和王福贵眼皮子打架,昏昏欲睡。

咚咚咚——

似有几下鼓声隐隐约约随风飘来。

两人没在意。

咚咚咚,咚咚咚——

鼓声越来越密,越来越清晰。

赵小五最先听到鼓声，推了推王福贵，问："你听到有啥声音没有？"

王福贵侧耳细听，摇摇头："没有啊！"

"奇怪！好像有什么声音一样。"赵小五说。

"雨声吧？你不要疑神疑鬼。没事打个盹儿吧。"

咚咚咚——

鼓声又响起来了。

这次，王福贵"嘘"了一声，他清晰地听到了鼓声。那鼓声就从大堂上传来。

两人不动声色，轻轻地拔出刀来，蹑手蹑脚地走近那只大鼓。暗淡的灯光下，大鼓如一头巨兽，静静地卧在鼓架之上，无声无响。

"妈的，自己吓唬自己！"王福贵骂了一句。

可就在他们转身时，咚咚咚，咚咚咚——鼓声再次响起来了。鼓声沉闷，咚咚作响。此时，鼓声就在他们身后，清晰无比，两人顿时毛骨悚然，双腿发抖，慢慢地转过身来。他们看见，大鼓上渗出腥气逼人的鲜血，像屋檐的雨点，一滴一滴地落下来，地上，一摊鲜血赫然在目！

刹那间，两人魂飞魄散，惊恐万状，大喊一声："鬼呀——"

他们连滚带爬，跌跌撞撞地跑出大堂……

浔州府捕头王自勇带着大批捕快，举着火把灯笼，来到大堂，察看究竟。

此时，风雨交加，雷鸣电闪。大堂里灯火通明，大鼓寂然无声，静静地卧在鼓架上。灯火之下，一滴一滴的鲜血从大鼓上渗落下来。

王自勇举着火把来到大鼓前，见大鼓面上的牛皮被利刃割开一道缝隙，血就是从缝隙间流出来的；再看，大鼓里面塞着一个人，扒出来一看，乃是浔州千总叶柏超。

叶千总已死，面目狰狞，血迹斑斑，脖子中剑，剑口深约二寸，这时伤口的血已经凝固。尸体上有一张纸条，蘸血而书：死有余辜！落款：无影。

无影？凶手就是这个无影？鼓声就是他敲打的？

七月的枣八月的梨

但是,无影是谁?他的武功高到何种程度,能来去自如,杀人于无形?

王自勇仔细询问了赵小五和王福贵目睹的诡异之事,沉吟不语,似在思虑。赵、王两衙役脸色煞白,身如筛糠,瑟瑟发抖,犹在万分惊惧之中。

有人在王自勇的耳边轻轻地说了一句:"会不会是他们故作捏造之词,无中生有,妖言惑众?"

王自勇摇摇头:"不,此绝非捏造之言!近年来,广西、贵州等地已有十多个游击、千总、副将被杀,皆一剑毙命,毫无打斗痕迹。凡遇阴晦风雨之夜,凶手就会出来作案,专杀朝廷命官,作案手法一模一样。可见,此乃同一人所为。"

无影为何要杀害朝廷命官?王自勇疑惑不解。

有人说:"会不会是大藤峡侯大苟匪徒的余党所为?"

二十多年前的往事忽如闪电般划破夜空,撕开了一道血淋淋的缝隙……

大藤峡位于黔江中下游,从武宣勒马至桂平段的弩湾滩,有一处长约五十公里、蜿蜒穿过崇山峻岭的江道,山势险峻,江流湍急。那段江道,名曰大藤峡。此峡有天设之险。古书载："自藤峡至府江三百余里，地唯藤峡最高。登藤峡颠，数百里皆历历目前，军旅之聚散往来，可顾盼尽也。"峡中有一大藤，粗如树干，横亘在大江两岸。两岸山民过江，多攀缘这根大藤依附而过。大藤峡据此得名。

大明正统七年，韩雍率官兵十五万平定大藤峡侯大苟之乱。兵燹之后，山民死者不计其数，更兼韩雍下令放火烧山，并放纵官兵残杀老百姓作为贼人充数，一时间，烟火遮天蔽日，尸横遍野，血染江水。

韩雍斩断江上大藤，锯为三截，蒙上牛皮，制成三只大鼓，分别置于总制府、总兵府和浔州镇府，改大藤峡名为断藤峡。民间传闻，这三个藤鼓，凡遇风雨之夜，会发出咚咚咚咚的声响，并有血水渗出。

无影，就是当年大藤峡官兵大屠杀中唯一幸存者——狗娃。那年他三岁，被剑侠那龙所救，化名无影，学得一身绝世武功，跟着那龙闯荡江湖，快意恩仇。无影发誓要找到并杀尽当年屠村的所有将官，为父母和父老乡亲报仇雪恨。

叶柏超是无影复仇杀人的最后一个，即连环杀人案中的最后一个。

在一条渺无人迹的大路上，无影策马狂奔，身后，飞尘滚滚。

他欲往何处？

没人知道。

天地间寂静得可怕，耳边只有呼呼呼的风声，如刀削般掠过。

七月的枣八月的梨

# 高山流水

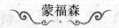
蒙福森

　　夕阳西下，郁江两岸的村庄农田茅屋，笼罩在残阳之下，一片血红。其时，山寒水瘦，秋风萧瑟，他孤身一人，一身灰衣，一顶斗笠，一壶浊酒，一把古琴，坐一叶扁舟，随江而下。

　　至贵县渡口，下船，登岸，沿石阶上去。他的眼睛满含忧伤，似乎在搜寻着什么。

　　他在一间废弃的破屋住了下来。

　　白天，他四处寻找，见人就问。晚上，他临江抚琴。江风习习，冷月无声，琴声沉郁悲怆，如泣如诉，闻者无不揪心动容，潸然落泪。

　　他沿江一路寻访，走遍了郁江两岸几乎所有的村庄。兵燹之后，这一带民不聊生，人烟稀少，田地荒芜，杂草丛生，到处断壁残垣，满目疮痍。

　　转眼，一个多月过去了。黄昏时，他来到一个萧索的村庄。

　　"你问的那个女人啊？有过这么一回事，唉，她呀，死啦……"一个须发皆白步履蹒跚的老人正在院子里洗红薯，他停了下来，遥指远处，"你看，那座寺庙，就在江边，还有她的坟……"

　　一瞬间，他的泪溢满了眼眶，似万箭穿心，痛彻肺腑。

　　暮色降临，村庄寂静无声。茅屋里，火苗像舌头一样，舔着漆黑的锅底。

锅里哧哧冒着热气，一阵红薯的味道飘散在破旧的茅屋里。

"你的家人呢?"他小心翼翼地问老人。

"他们……都死了。"暗淡的火光下，老人老泪纵横，沿着脸上的沟沟壑壑淌下来。

"叛军围攻城池，天天炮声轰鸣，杀声遍野，倒下去的人，像被割倒的麦秆，一个又一个;像被砍断的蚯蚓，在血泊中挣扎蠕动……"老人讲述几年前那段悲惨往事。

"城破了，死去的人一大堆一大堆，血流得到处都是。叛军要杀死所有的人，无论知县、兵勇、老人、孩子……当时，那个叛军的最大头目好像姓吴，叫平什么王。他的一个王妃，年轻貌美，死死地拦着，哭着，跪着，求他:'不要再杀人了! 不要再杀人了!'可他不听，冷酷地挥了一下手，屠杀就开始了，号哭惨叫之声响彻原野。锋利的刀剑捅进人的心窝，或砍向人的头颅，一刀一颗，一刀一颗，头颅像西瓜一样，滚落在地，血像喷泉一样喷出来……

"那王妃，目睹这一惨状，悲愤至极，跳江自尽了。

"叛军撤离后，那女人的尸体，在牛皮滩前——哦，就是离寺庙不远的那个地方——几度冲去又冲回，浮起不沉，幸存的百姓捞起来埋葬了她。后来，朝廷感念其以死抗争，立庙祭祀。

"人们不知道她的名字，只知道她的家乡在四川梓潼县，遂将寺庙命名为梓潼寺。"

他的泪，早已遮蔽了眼睛，眼前的老人、锅下的火苗、茅屋、破床、椅凳，一片模糊。

他告别老人，背着古琴，在月光下往梓潼寺去。

很快，他到了寺前。借着月光，他看见寺门的楹联:逝者如斯紫水源泉达海，所立卓尔南山文笔凌云。殿前一石碑上，刻有长长的文字，记录了当年那段刀光剑影、生灵涂炭的往事。

寺里空荡荡的，杳无人迹，一片寂然，清冷的月光静静地倾泻在琉璃

瓦上。

进了大殿，抬头看见一尊大像，端庄秀丽，眼含忧郁，依稀似她当年模样。他站在大殿中，思绪万千，往事瞬间如他的泪水奔涌出来。

当年，他和师妹鸣凤随着戏班子到平西王府献戏贺寿，连演十场。戏唱完了，鸣凤却没能走出王府——她被平西王吴三桂强留下，若是不从，戏班子所有的人都必须死。

后来，听说她随军北上，路过广西贵县时跳江自尽了。他一路寻来，历经几个月的艰难寻找，终于见到了纪念她的寺庙。她的墓就在寺庙后面的山岭上。

他走出大殿，来到寺后不远的山岭上，找到了她的墓。

他站在墓前，凝视良久，然后坐下，轻抚琴弦。琴声起了，如漫天梨花飘落。月光照着他的脸，他凝然不动。琴声幽幽，在山野上飘荡，继而，传到大殿，传到江边，传到附近的村庄。曲稍停，再起，琴声悠扬，似山间淙淙流水，似山风吹拂，草间有蛙虫叠唱，林中有鸟鸣，有水声。曲再停，又起，如风起，如云涌，如水流，仿佛云烟渺渺，碧水悠悠，黛山远眺，轻舟泛波，韵律清扬，如梦如幻，意境幽远，仿佛身临其境。

他弹奏的是《高山流水》，师妹最喜欢的一首曲。这一生一世，他记不清为她弹过了多少回。

此曲，曲调清雅轻扬，起承转合，抑扬顿挫，恍如天籁。

那琴声，自夜至晓，响了整整一个晚上。

第二天，村民们发现他倒在坟前，气息全无，已死去多时了。身边有一张溅满血迹的纸，上有血书："请将我和鸣凤埋在一起，生不能同衾，死求同穴。"

# 坐箩

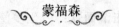

蒙福森

一个春暖花开的日子,秀兰出嫁了,成了春生的新娘子。

第三日,秀兰回娘家。

这是高良村的风俗,闺女出嫁后的第三日,和夫君一起回娘家,这叫"回门",也叫"回脚迹"。

吃过饭,娘一把拉过秀兰进了房间。

房间里,只有娘和秀兰。

娘问:"秀兰,我怎么看你不对劲儿呀。"

秀兰说:"没有呀。娘,我好着呢,咋不对劲儿了?"

娘说:"你甭骗我,娘看得出来!"

娘七十多岁了,经历过无数的坎坎坷坷。娘吃过的盐比女儿吃过的米多,娘走过的桥比女儿走过的路多。她怎么会看不出秀兰心里藏着事呢!

秀兰躲不过娘的那双眼睛,低下头,说:"新婚之夜,我,我没有'坐箩'。"

"你呀——!"娘大吃一惊,脸色突变。

"坐箩"也是这里农村的风俗,一个沿袭千年的仪式。新婚之夜,新娘子坐一下箩筐,寓意"谷满仓,米满筐,生下儿女一箩筐"。

那晚,闹洞房的人走后,春生他娘到祠堂列祖列宗的灵位前焚香祷告之

后,拿了一只新箩筐进来。箩筐里放有花生、红枣、柏枝、橘叶。春生的三婶和七婶一边一个,扶着秀兰走到箩筐边。扶新娘子的人叫"扶新",要在村里挑选那些儿女双全、子孙满堂的人担任"扶新"的角色。三婶和七婶有儿有女,生活和和美美,她们是最佳人选。

三婶和七婶一边一个,按住秀兰的肩膀,想让她坐一下箩筐,象征性地屁股挨一下箩筐边就行。只要秀兰一坐箩筐,春生他娘就会大声地说:"今年坐箩,明年做阿婆!"

其他人就会立刻跟着,击节而歌:"一坐箩筐筐,儿女满家堂;二坐箩筐筐,生活像蜜糖;三坐箩筐筐,粮食满谷仓……"一直唱到"十坐箩筐筐",寓意"十全十美"。

这是一个仪式,是村里千百年传下来的风俗,是老人们期盼儿孙满堂、生活甜蜜的美好愿望。

但是,那句话春生他娘最终没说,大家的那段唱词也没唱出口。

因为,秀兰挣脱了三婶和七婶的手。

秀兰没有"坐箩",怎么按她她都不坐。

当时,秀兰觉得很别扭很荒唐——这都啥年代了,还这么迷信! 这些陈旧的风俗,早该扔到垃圾堆去了!

一屋子的人看着秀兰,秀兰的心里"砰"的一下,像有什么东西被打碎了——这是不吉利的兆头啊!

"秀兰,你……糊涂啊!"娘叹了一口气,"你年轻不懂事,你意气用事,如果……到那时你会后悔的!"

娘就说了一件陈年往事。

很多年前,村里娶了一个新媳妇。新婚之夜,按风俗,新娘子是要"坐箩"的,可怎么按她,她都不坐。结果啊,那女人一直到老,依然膝下空空,没有生下一男半女,老了之后,丈夫死了,她孤苦伶仃,无依无靠,多可怜啊!

秀兰眼前蓦然间闪现出这样一幅场景来:一个风烛残年的老人,坐在门口,眼巴巴地看着别人家的孩
子活蹦乱跳;夕阳西下,她孤独
寂寞的影子在黄昏里被扯得老
长老长……

秀兰问:"娘,你说的那个
女人是不是老耿六婆?"

娘点点头:"就是她呀。"

刹那间,秀兰的胸口就像压着一块大石头,瞬间变得无比沉重。

"娘,我……怎么办呀?"秀兰心虚了。她仿佛看到村口坐着的那个老女
人就是自己。那一刻,她后悔了,如果那晚她"坐箩"就好了。

"没事的,你想多了。你不是说了吗? 这是旧风俗,早该破了改了。"娘
反过来安慰秀兰。

从娘家回来后,很长一段时间,秀兰心里七上八下的,做事老是走神,无
精打采,像病了一样。

"你咋啦?"春生觉察到秀兰的异常。

"我……没事啊。"秀兰姣美的脸有些苍白。

"你心里肯定有事,告诉我,好吗?"

"唉!"秀兰一声叹息,把那天娘的话说了一遍。

"你呀,想多了,这只是一个仪式而已。"春生说,"我娘当年像你一样,也
不'坐箩',可不照样生了我和我妹!"

"真的?"

"真的。"

秀兰破涕为笑,如释重负,压在胸口上的那块大石头瞬间落下,两行温
热的泪水从她的脸上缓缓滑落。院子里,灿烂的阳光穿过郁郁葱葱的龙眼
树叶,落下斑斓的剪影,枝头上,几只喜鹊在婉转地歌唱。

# 赵　老

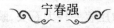

宁春强

　　我目瞪口呆。我无法相信，眼前这个糟老头子，就是大名鼎鼎的赵教授——赵老。

　　是朋友二宝领我来拜访赵老的。半年来，我一直被自己的肺结节闹得不开心。先是体检时发现了问题，又相继看过几个大夫，都建议我手术。市医院胸外科主任，甚至毫不掩饰地告诉我这结节是恶性的，得马上切掉。

　　二宝却坚持让我来找赵老给看看。没见到赵教授之前，赵老对我来说只是一个传说。他是北京的影像学专家，北京各大医院，协和也好，301也罢，都认赵老。赵老说是良性肿瘤，没人敢说不是。如今，八十多岁的赵老回到农村老家，侍弄一片菜地，和老伴儿过起了悠闲的田园生活。

　　"这就是赵老。"二宝指了指头戴草帽、脚踏胶鞋，正在菜园子里忙活的一个老汉说。他就是赵老？是专家，教授？我像撒了气的皮球，满腹的希望顿时落空了。怪不得有传闻，说赵老如今不比以前，常常误诊，好多患者明明已是癌症晚期，可他偏偏看成是良性！

　　时值夏末秋初，赵老正在园子里给茄子施肥。他的衣着比农民还农民，唯一不同于常人的是，那用来浇农家肥的器皿，竟是医用玻璃缸。他每次从粪桶里舀出半缸子粪水，小心翼翼地浇到茄子的根部。玻璃缸上刻有尺度，

有时舀多了，他会再倒回桶里一点点。

"赵老，您好！"二宝喊道，"我朋友来求您给看看片子，我替您浇吧。"

赵老直起身子，望着我们连声说道"不用不用不用"，便从菜园子里走了出来。先是洗手。屋外立一大水缸，缸旁就有脸盆。赵老洗得极为认真，打了两遍香皂，这使我感到他与一般农民的不同。他又换了衣服和鞋，然后招呼我们："请进。"

"赵婶呢？"二宝问。

"给街坊们送菜去了。一园子的菜，我们两个老家伙也吃不了呀。"赵老笑了，一脸灿烂。

居室很简陋，却留有一间工作室。室内有看片的专用灯箱。接过 CT 片子，赵老插在灯箱上，戴上老花镜，仔细地看。"还有吗？"赵老问。我说有，就把半年前的片子也递了过去。他继续看，看得很仔细。看罢，赵老笑了："大夫都建议你马上手术是不是？像，的确像。"他指指片子上的一个结节影："论大小，超过一厘米，仅这一条就足有理由让你做掉。还有，表面不光滑，呈磨玻璃影；边界也不清，且有血管聚集。恐怕十个大夫会有十个建议你手术。"摘下眼镜，赵老不容置疑地说："像是像，但不是！百分百不是恶性结节！把心放回肚子里去吧，什么事也没有。"

"可是，为什么不是呀？别的大夫都说是啊！"我很疑惑。

"经验。"赵老说。

经验？经验再丰富的人，也有马失前蹄的时候吧？"赵老，我这片子，您不会看走眼吧？以前，您从未看走眼过？"

"哪能没有？经常有。"赵老看着我，一脸安详，"不过，那都是故意的。对于癌症晚期患者来说，做手术还不如不做。不做，或许还能活上一些时日；做了，就没几天活头儿了，甚至会死在手术台上。你说，遇上这样的病人，我该怎么说？"

我恍然大悟："所以您就谎称是良性的，让患者在无忧无虑中度过人生的最后时光。而您，却无辜地背上了庸医的名声？"

"所以你就不敢相信我这庸医的眼神了？别的大夫都说是，唯独老赵头儿说不是。你不知道该听信谁的，是不是呀？"赵老不无调皮地笑了，他又戴上眼镜，提笔在信笺上写道："宁春强，男。左下肺外后方小点状影，另有叶间裂增厚，均为陈旧病灶残迹，无碍。余肺未见异常。赵秉谦 2018 年 9 月 25 日。"写毕，将信笺交与我："拿着，证据。"

我再次目瞪口呆了。如此自信、如此负责的专家，闻所未闻！掏出在家就准备好的红包，我递给赵老："一点儿心意，请笑纳。"赵老接过红包，回道："谢谢。"就去菜园里摘了两篮子菜，硬让我们带走。

归来的路上，二宝将一个红包丢给我，说："赵老趁你上厕所时托我转给你的。来时忘记叮嘱你了，赵老对谁都不收诊费，你给什么红包呀？好在赵老今天很客气，没当场对你甩脸子。"

我怔住。

# 堂　哥

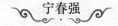
宁春强

堂哥是我的本家，退休前，在省城一家工厂当司机。堂哥不爱说话，即使春节到长辈家拜年，也不问好，只是默默地进屋，一头拱在柜顶上，抄起手随便找个物件看，一看就是大半天。在老家石门，有句口头禅："你真是个堂子！"意思是说这人死板、木讷。

一年国庆节，早晨我打开门，见一人立在门口，是宁春堂。"大哥，有事？"我问。堂哥垂着头，看自己的脚，半天才喃喃地说："想给大鹏打个电话，你大嫂昨天下午被蛇咬了一口。"大鹏是堂哥的儿子，在城里医院当大夫。那时，村里只有少数几家安装了电话。我一惊，忙问："大嫂现在怎么样？咋才想起打电话，昨天干什么了？"堂哥依旧垂着头，说："昨天晚上来过一趟，见你们在吃饭，就没进去打扰。你大嫂眼下正在家里做早饭呢。"我长舒了一口气："不用打电话了，要是被毒蛇咬了的话，大嫂还能干家务？走，我到你家看看大嫂去。"石门多是无毒蛇，堂嫂在草垛抱草时，肯定是被无毒的蛇咬了一口。不然，可真要出大事了。

不料，三年后，堂嫂来草垛抱草时，竟一头拱在地上，一命呜呼了。堂嫂死于脑出血。

死了夫人的堂哥，更加寡言少语，即使有人问话，也不作答。堂哥真就

成了一个能说话的哑巴。

转眼，春天到了。一天，我刚在家中吃完午饭，堂哥来了。

"三子，我找你说点儿事。"天，堂哥居然主动开口说话了！我忙跟他来到街上。阳光很好，天空很蓝。堂哥眯起眼，看村外的西沙岗，仿佛是在自言自语："你是咱村的代课老师，有主见，也有威信。我……我要动婚了。"

哦，大事。"女方是谁？"我问。

"柳宝翠。"

"柳宝翠是谁？"

"柳叫叫。"

天，柳叫叫！堂哥看上了那个整天呱呱说个不停，且风流得连石门都装不下的柳叫叫？！

"你俩性格正好相反，一个过于木讷，一个过于活泼，凑一起，能过好日子？"我直言不讳了。

堂哥依旧看着西沙岗，无语。半天，堂哥说："你不知道她有多好。我活了大半辈子，还没听过哪个女人亲口对我说喜欢我，幸亏遇上了她。"

"就为了她的一句话，就要娶她过日子？"我有些急了，"也许她仅仅是看中了你是退休工人，月月有退休金！"

"不是！"堂哥也急了，"她是真的对我好！"

我从没见过堂哥一次说这么多的话，柳叫叫究竟使了什么法术，居然能让一个近乎哑巴的人，开始滔滔不绝了？"她爱说爱笑，好打麻将，作风不好，50多岁的人了，还天天抹口红。这些你都不知道？"我觉得堂哥有些不可理喻了。

"知道。"堂哥说，"我认了，就娶她，她也同意。"

"那你还找我干什么？你愿意，她同意，你们就结婚呗！"

"我是想让你做做大鹏的工作。你的话，大鹏听。"

原来如此。"大哥，你跟柳叫叫什么时候好上的？是不是已睡在一起了？"我故意开起了堂哥的玩笑。

可堂哥的回答,却令我目瞪口呆!"睡了。幸亏遇上了柳宝翠,要不可真就白活了一辈子。"堂哥说。堂哥这样说的时候,依旧专情地看着西沙岗,仿佛那西沙岗就是柳叫叫。

和我预料的一样,大鹏一万个不同意,并断定柳叫叫只是想霸占他父亲的财产。我如实把大鹏的意见转述给了堂哥。木然地看着远方,堂哥木然地丢出一句:"这好办。"就自顾自地走开了。

不久,堂哥和柳叫叫真就办好了结婚证。他请我和村支书当证人,把五间房子和以后每月的工资,都转给儿子大鹏,净身去柳叫叫家了。

这个宁春堂,疯了不是?一分钱也没有,柳叫叫能跟他过下去?骑驴看唱本,走着瞧吧!

可谁也没有料到,堂哥和柳叫叫竟和和美美地一过就是好几年。他们在西沙岗底下的开荒地里,种花生、栽地瓜,日子虽不富足,却也有滋有味。

又是一年秋收季。一天,我发现柳宝翠拉着一车花生,往家里赶。堂哥不仅不帮拉,反而端坐在车上,一脸的喜悦。细问,方知是脚崴了。我正要去帮把手,却见车后有人在奋力地助推着。

——是堂哥的儿子宁大鹏!

# 村民葛老五

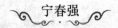
宁春强

　　葛老五仅仅比我小几岁，按辈分却管我叫叔叔。"三叔回来了?"老五这样问的时候，人就木木地杵在我面前，本能地用手挠着头，傻呵呵地笑。老五一笑起来，那掉了两颗门牙的嘴，就显得格外滑稽。

　　春夏秋冬，葛老五要么剃着光头，要么就是好几个月不理发。也不怎么洗漱。乡下人嘛，不干不净不得病。老辈人都这么说。可谁也没料到，这不干不净的老五，居然盘下三间土房，开起了小卖店。小卖店就在父亲老宅的屋前，没有牌子，也时常锁着门。即使门开着，人也不一定在。老五的媳妇便骂："就这么个吊儿郎当样，还能开小卖店?!"索性眼不见心不烦，让老五独自折腾。可老五的小卖店却越开越红火，一开就是十几年。

　　父母健在的时候，我常从县城回老家，也常去老五的小卖店买东西。一次，老五不在，东西没买成。父亲正在院子里浇芸豆，说："老五不在，你去他家里找啊! 连瓶酱油也打不回来。"

　　我就去找老五。老五正在家里睡觉，太阳都八竿子高了，还睡。老五起身丢给我一串钥匙，龇牙笑笑说："最大的那把钥匙就是开小卖店的。开门后你把钥匙放柜台上就行了，门不用锁，傍响我就过去。"说罢，又倒头睡去。

　　不料，小卖店门一开，就拥进好多人，自顾自地到货架上取其所需。柜

台上有一破旧箱子,装钱用的。村民大都知道物品的价格,自己算账自己结——把钱丢进箱里,再找出余额。也有没带钱的,索性拿起东西走人,并不记账。我的心越发不安,就不敢离开,巴望着老五能快点儿到来。

可把老五给盼来了。老五一悠一悠地在街上晃,冲每个人打着招呼,哈欠连天,像是还没睡醒似的。就有人取笑他,说:"让老婆折腾下蛋了吧?"老五笑,朗声回应道:"自己的老婆不好好睡一睡,等着留给别人睡?"我无心听他胡咧咧,忙迎上去:"你怎么才来!好几个人买东西没给钱啊,我都给你偷偷记着。有张大福、刘全柱,还有……"老五对我的话一点儿也不感兴趣:"他们不爱买一次东西结一次账,麻烦。年头月尽的时候,就一起结了。"我还是不明白,急切切地说:"可他们也没记账啊!"这回轮到老五不明白了,他吃惊地看着我,说:"你们城里人就是怪啊,谁自己买了多少东西他自己记不住?还用你跟着瞎操心?!"

天,我倒成了咸吃萝卜淡操心了。至家,我冲着父亲喊:"酱油打回来

了,老五没零钱找,钱先欠着。"父亲依旧忙活着,麻木地回了一句:"知道了。"

老五没念过几年书,为人不奸不猾,蛮憨厚的。令人想象不到的是,憨憨的老五居然也能挥刀砍人。是秋末冬初的一天,老五去城里进货,遇上了三个劫匪。为首的拦住老五:"钱和东西留下,不然要你的狗头!"一把砍刀,就横在了老五的面前。老五龇牙一笑,伸过头去,说:"来吧兄弟,你下手准点儿,一刀要命!"那人一愣,没等醒过神来,刀已被老五夺去:"奶奶的,你不砍死我,我就砍死你!"老五迅即挥刀劈去。三个劫匪大惊失色,不约而同地抱头鼠窜。

每当谈及此事,村支书总要感慨一番:"熊的怕愣的,愣的怕不要命的。老五是个遇事可以舍命的人,劫匪也奈何不得啊!"

老五便成了村人心目中的英雄。只是这英雄,常挨一个疯女人的打。疯女人长得像豆芽,总爱穿一件医生穿的白大褂。"豆芽"每每遇见老五,都要用手中的木棍,击打他的头。老五从不躲闪。"豆芽"打一下,老五就眨巴一下眼。

"你敢不敢再搞破鞋了?敢不敢了?""豆芽"边打边问,下手越发狠了。

"不敢了,我不敢了。"老五低头认罪。

饿了,"豆芽"就去老五的小卖店寻吃的。面包、饼干什么的,伸手就拿,吃得一塌糊涂。老五递上一瓶水,说:"慢点儿,别噎着。""豆芽"接过水,冷不丁朝老五脸上吐了一口……老五擦着脸上的污物,无奈地又龇牙一笑。

"豆芽"是误把葛老五当成丈夫了。"豆芽"的丈夫是乡卫生院的医生,几年前跟一个女护士私奔了。

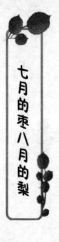

# 面无表情

穗 子

　　一老一小走进面馆时，我正在等属于我的那碗西红柿鸡蛋面。正午的阳光很好，南京也很好，我举起手机不断调整角度，打算把窗外的梧桐拍得更好看，将来回味南京总得有个抓手。

　　门嘎吱一响时我回了头。老太太绝对是洋气的那种，金丝框眼镜，白白净净；小姑娘却是脏兮兮的，像一团灰扑扑的旧毛线跳了过来，我本能地皱了下眉头。

　　"白奶奶来了！老规矩，菠菜素面一碗，牛肉面一碗。"服务员给我点面时细声细语的，这会儿居然喊了起来，显然老人家是老主顾。

　　我的面先上来了，我拿起筷子挑两下的工夫，她们已在我对面桌子坐下。吃面之前先挑几下是习惯，一来散一散热气，二来调和一下味道。我喜欢吃面，但今天不急着吃，明天就要离开这个城市，我有一下午的时光可以消磨。

　　慢悠悠地吃，慢悠悠地看，看这对一白一黑的奇怪祖孙。老太太七十来岁，头发是纯粹的月光白，脸庞是精致的象牙白，米色风衣下的高领小衫儿是讲究的雪地白，气场强大。小姑娘四五岁的样子，头发是乱乱的黑，脸蛋儿是红红的黑，衣服是灰灰的黑。我难于接受这对组合，心里嘀咕起来。

那小姑娘也在看我,准确地说她是在看我的面条,视线随着我的筷子移动着。于是,我故意把面条高高地挑起来,却不急着往嘴里送。停了一会儿,小姑娘意识到我在逗她,便羞答答地把头埋到臂弯里。老太太并不责备她什么,只是说:"别急,别急。""嗯,我不急。"小姑娘眼巴巴地盯着老太太的脸,乖乖地坐着,然后又把目光转向了我的面,仿佛不由自主。看样子她是真的饿了。这么逗一个饿了的孩子确实不厚道,我开始正经吃面。

老太太拍了下孩子,小姑娘才把视线收了回去,看到是自己的面来了,脸立刻绽放成一朵向日葵。筷子终于有了敲响碟子以外的实际用途,小姑娘先是向下一低头,再抬起时嘴里已经塞满了面条。"慢点儿,别噎着!"老太太终于结束了自己用湿巾反复擦筷子的斯文,侧过脸问道:"好吃吗?"

"好吃,真好吃!"小姑娘又往嘴里叉了一筷子,后面几个字裹着面又让她给吞了进去,可到底是噎着了。老太太放下筷子急促地拍她后背:"急什么,一大碗呢,不都是你的?我是怎么跟你说的来着?优雅,优雅!"小姑娘脸憋得黑气更加浓重,好容易咽下这口面后,才瞅着老太太的眼睛甜甜地说:"奶奶,我这就慢点儿吃。"

"你孙女儿真可爱。"我已经饱了,开始搭话。

"是。"老太太象征性地看我一眼,把手里的筷子伸进了面碗,边小口吃面边盯着小姑娘:"我都跟你说多少遍了?牛肉要一块儿一块儿吃,嚼烂了再咽。喝汤时不许那么大声儿。再不听话就不领你来了。"

"奶奶,我听话!"小姑娘急忙表态,"奶奶你真好,我爱死你了。"

老太太的脸上有了笑意,开始一根面一根菠菜地吃着,小姑娘也一根一根地吃。祖孙俩不时对视一眼,都笑吟吟的。多有爱的画面!我打开手机,把拍照声音消掉后偷偷拍了一张。

等碗见了底儿小姑娘也打起了嗝儿,老太太把小姑娘从椅子上拎起来,抚了几下她的肚子,说道:"出去遛遛吧。"看着孩子走出去,她还没忘了拿湿巾擦手。

既然有洁癖,为啥不好好把孩子侍弄干净?我不理解。

小姑娘走出去后老太太才把头转向我,面无表情:"哪里是我孙女儿,没那个福哟!小美是小区保洁工家的孩子,住楼梯间,弟弟刚出生不到半年,两个姐姐都被送回农村老家养活了。"

如果我像小美一样大,我也会说"奶奶,你真好,爱死你了",眼下我只能注视着这个发光的老人家,微笑致意。

我低头把一百来张出行照片都翻看了一遍,在手机上编辑好后,太阳都快落山了,老太太和小姑娘不知什么时候不见了。我把手机里的那一老一小的照片拿给店员看时,她面无表情。

"白奶奶的两个孩子都在国外,去年老伴儿去世了。她每到中午都在街上转悠,找肯跟她一起吃面的人,吃完再坐上半个下午,一天差不多就过去了。她带过来吃面的人有百来个了,清洁工、农民工、流浪汉……带小美来的次数最多。"

# 孤　学

乔迁

　　还有好远,孙明贵便看到了村小学校门口外的那个小黑点儿在晃动着,不由得心里叹了一声,加快了脚步。

　　孙明贵走到校门口,小黑点儿就长成了学校唯一的一个学生——刘小龙。由于天热,校门口又没有遮阳的东西,刘小龙的脸晒得红扑扑的,瞪着一双大眼睛等着校长来开门。其实离校门口十几米远的地方有一棵大树,可以遮阳的,可刘小龙从来不去树下,就在校门口直愣愣地杵着,而且每次还都早早地来到学校。

　　孙明贵走近时,刘小龙咧嘴笑了一下,声音低低地叫了一声:"校长好。"孙明贵摸了一下刘小龙的头,打开校门,和刘小龙走进了学校。

　　学校不大的操场已经被仅有的两个老师种上了各种蔬菜,变成了菜园子,一片翠绿。开春时,两个老师在操场上气鼓鼓地种菜时,孙明贵没有制止,默默地看着他们咬牙切齿地刨地,恶狠狠地往坑里甩籽,一瓢一瓢猛烈地扬水。最后他们甩了水瓢,凑到孙明贵身前气哼哼地说:"就这么一个学生了,咱们还得硬撑着,跟他说得了,要念就去镇里学校,要不就不念。镇里都说了,没有学生的村小学老师都调去镇里学校的,我们俩家都在镇里,天天几十里地这么跑来跑去教一个学生……"

　　孙明贵回头看一眼教室,刘小龙正写他俩布置的作业呢。孙明贵压了一下嗓音说:"这孩子家困难,到镇里去上学要住宿要吃饭都要花钱的。"

　　两个老师就说:"这钱我们掏还不行吗? 用不了几个钱的,我们负责供他念完小学。"

　　孙明贵又回头看了眼教室,微叹一口气说:"这孩子虽小,却懂事啊,他不想离开他爸妈的。他爸妈有残疾,不像那些孩子的父母,到哪儿都能轻手利脚地找点儿事做,他们家要不是这样,怕是也早去镇里或城里念书了。"

　　两个老师脸上的不满还是显见的,嘟囔了一句:"熬死个人了!"

　　孙明贵就说:"你俩有事就不用天天来了,我来教刘小龙。"

　　俩人有些不好意思地说:"校长,那不好的……"

　　"没啥,我岁数虽然大,但还教得动。"孙明贵转身往教室走去。

　　两个老师对视了一眼,笑了,各自发动摩托车,"突突突"地离开了学校。自此,俩人三两天来一回,给刘小龙讲课,更多的时候是给他们的菜地浇水薅草的。孙明贵也不说什么,他们不来的时候,他便给刘小龙讲课,不讲课时便坐在讲台上,静静地看着刘小龙写作业。有时候,他望着教室外,看或

阴或晴的天,看操场上的菜,出神。

今天,孙明贵来得比较晚,他去了镇里,镇教育办主任告诉他,他们村小学要撤掉了,老师调到镇里上班。孙明贵有些着急地说:"还有个学生呢!"

教育办主任便笑了,摇摇头说:"就是因为这个学生才迟迟撤不掉啊!没有这个学生你们早都到镇里上班了,多好。"

孙明贵知晓那两个老师一定没少找教育办主任,就说:"我年龄大了,不想到镇里了,我来教他。"

教育办主任不高兴地说:"你什么意思嘛? 一个学生,来撑一个学校,你就不能想想办法,让那个学生到镇里来念,或到别的地方念,再或者……"教育办主任盯住孙明贵,不往下说了。

孙明贵知道他想说什么,噌地起身就走,教育办主任在后面撂了一句:"明天就放暑假了,下学期学校停了啊!"

孙明贵摸了摸刘小龙的头,没有打开校门,拉着刘小龙的手说:"小龙,去镇里念书好不好?"

刘小龙怔了一下,低着头,脚尖碾着地皮小声说道:"校长,我不想去镇里。"

孙明贵说:"去镇里念书的钱咱学校出,我刚才去你家里跟你爸妈说过了,他们也同意了。"

刘小龙抬起头来,不相信地问:"他们同意了? 校长,你咋说的?"

孙明贵的喉结滚动了一下,说:"我说,不能让小龙长大后,回忆起小时候,连个小学同学都没有啊!"

刘小龙哇的一声哭着抱住了孙明贵。

给刘小龙上完最后一节课,看着刘小龙恋恋不舍地离开教室,走出校门,孙明贵才从讲台上慢慢地走下来,缓缓地走到刘小龙的座位,坐下。刘小龙的余温、气息还在。孙明贵突然喊了一声:"上课!"他唰的一声站了起来,眼望讲台,泪水汹涌而出……

# 小打小闹

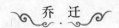

乔 迁

我去乡派出所找徐武，徐武是民警，也是我同学。我找徐武没啥大事，总从派出所门前过，一过就想到徐武在这里，便不由自主地进去看一下。一开始，派出所的人不认识我，问我找谁，什么事，我说找徐武，后来知道我是徐武的同学，便不问了。不问我也找徐武，不找徐武我能找谁？不过，很多时候徐武都不在，他很忙。乡派出所的民警都很忙，鸡毛蒜皮的小事有人来找他们都得管。

这次徐武正巧在，看见我就问："干啥？"

我说："没啥事。你前两天让我帮你买过年要吃的笨猪肉买到了，我拿来了，在门口呢！"

徐武抓起外衣往外走，说："放我车上就行，我去趟赵家屯。"

我心里顿时有些紧张的欣喜，我跟赵家屯几个赌博的浑小子打过架，把那几个浑小子打得鬼哭狼嚎，是跟徐武去的。我看了一眼所里，除了徐武，还有女民警晓丽，其他人都不在。我忙说："用我去不？我没事。"

徐武看了我一眼，扯了一下我的胳膊说："不是打架上瘾了吧？想去就去，这回不打架的。"

还真不是去打架。但也跟赌有关，赵有才的老婆打电话来告赵有才，说

一年到头累死累活挣点儿钱都让赵有才赌了,她跑回娘家,打电话让派出所把赵有才抓起来。

"这是气话!"我不屑地说。车快速地向赵家屯驶去。

"我也知道是气话,可也得去。她告了,不去处理一下不行。"

"你去处理就行了? 你真把赵有才抓来,她该不干了。"我说。

"说的就是,你要前脚抓到派出所,她后脚指定哭号来要人,不给人还得骂你呢。"徐武一笑说。

"那咋办?"

"罚他!"徐武咬着牙说。

进了赵家屯,来到赵有才家,赵有才还没起炕,准是又玩了一宿。徐武擂门,把赵有才擂了起来。开门看见徐武,赵有才的脸色当时就白了,嘴唇哆嗦着说不出话来。

我心里呸了一口:这熊样的,没胆就别玩。

徐武开门见山:"昨晚又玩了吧!"

赵有才低眉顺眼小声说了一句:"小打小闹的。"

徐武哼了一声:"动钱了就不行。是跟我去派出所还是认罚?"

赵有才怔了怔,就从兜里往外掏钱,掏出五百元递给徐武。徐武看了一眼,没接,说:"不够!"

赵有才愣了,说:"我是小打小闹的,乡里不是都罚五百吗?"

徐武想笑又憋了回去:"门儿清啊!你是小打小闹不假,可你总小打小闹啊,惯犯! 两千!"

"啥? 两千?!"赵有才瞪大双眼,拿钱的手都哆嗦了。

"不交就去派出所吧!"徐武说。

"我交! 我交!"赵有才不想去派出所,忙说道。可他掏遍了所有兜,又到屋里翻找了一遍,才凑上一千九,递给徐武说:"差一百,所有的钱都在这儿了。"

"不行！"徐武威严地说道。

赵有才都要哭了："真没了，不骗你。"

徐武四处看，还真是要得家徒四壁了，目光最后落在赵有才家仅有的一袋面上，说："这个算一百块钱。"

赵有才忙说："就这一袋吃的，其他啥都没有了……"

徐武一挥手："别跟我哭穷，你要钱时咋不想想呢！"转头对我说："借我一百块钱。"

"干啥？"我说。

"买面！"徐武的目光还在面上。

"直接拉走不就完了。"我说。

"不合规矩！"徐武冲我一伸手，"快点儿，我没带钱。"

我不情愿地掏出一百块钱递给徐武。徐武把一百块钱递给赵有才，然后把赵有才手里所有的钱都拿了过来，对我说："拿上面，走。"

出了赵家屯，车却没有往乡里走，我问徐武："去哪儿呀？"

徐武说："去找赵有才老婆。"

我不解："为啥？"

徐武叹了一口气："这个家还得过下去啊！"

见到赵有才老婆，徐武把赵有才给的两千块钱拿出来，递给赵有才老婆

说:"所有钱都拿来了,你藏好了,别再让他找到了。"

赵有才老婆不住地点头,眼里泪光闪闪。

"对了,你家的那袋面我也给拿来了,他没吃的,一定来找你的,吓唬他一下就回去吧!"徐武把面从车上拿了下来,似乎想了一下,又从车上把笨猪肉拿下来一块,说:"看你家里啥也没有的,这要过年了,拿回去过个年吧。"

赵有才老婆推托着不要,眼泪哗哗的。徐武把猪肉放下,招呼我上车,走了。

回到派出所,徐武招呼我:"进屋,还你一百块钱。"

我没动,说:"那块猪肉少说也得一百多呢,你说给人就给人了!"

徐武笑了笑:"过年了嘛!"

我转身就走。

徐武在身后喊道:"你不要钱了?"

我挥了一下手,喊了一句:"我再也不来找你了!"我没回头,眼睛被风吹得窝住了泪,害怕徐武看到误解了。

# 金 相 公

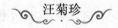

汪菊珍

金相公家在谢老师家北面,西厢靠北的两间,门前铺着一尺见方的青砖,地势比乔爹家的高出一尺。二房厅为明代大官的府第,为防范倭寇进犯,他们在家里养有兵丁。西厢是兵丁们的营房,这方正的青砖之地,是他们的练兵场。如今它成了二房厅人出入的通道,我去朋友阿红家,也多走这里。

金相公是箍桶世家,祖上专门打造富贵人家的各种桶、盘。因为手艺好,用料讲究,他家的圆头木器一般人难以企及——光一个铜圈,厚至三分,描龙刻凤,金灿灿,亮晶晶,被人誉为金圈。加上他本来姓金,东河沿人有时叫他金相公,有时又叫他金圈。

当然,这是说从前,我还没有出生的时候。现如今当我经过他家门口,他所切削钻刨的,不过是些平常的脚盆、圆盘,或者水桶、舀勺。都是白木,箍的是铁圈,有时是竹圈。然而,金相公还留着一套铜圈,因为找不到合适的主顾,他常常叹息。

金相公还有一个好大的不如意,就是没有儿子。已经去世的老伴儿,只给他生了两个女儿,这对于他手艺的传承,是个很大的不利。当然,女儿也罢了,可以招个进舍女婿。偏偏大女儿特别出挑,找了个吃公粮的——我家

河对面粮站的工人。如此，他就剩下一个念头，女儿生个儿子，来继承他的手艺。

女儿终于称了金相公的心，生了个儿子。金相公笑得合不拢嘴，每天把钻啊刨啊使得顺溜，还几次把那套铜圈拿出来，套在外孙的坐车、摇篮上，逗外孙玩儿。我这才看到，这传说中的铜圈，其实只是几个黑不溜秋的圆环。要说它的好处，就是声音——叮叮当当，确实好听。

然而，好景不长，不到两年，金相公的眉头又皱拢了，因为外孙不会说话，连咿咿呀呀的声音也不发一声。女儿女婿着急，抱孩子去了无数医院。被上海的医生确诊后，他们搬离二房厅，去了粮站宿舍。金相公只闷头干活儿，不再说话。人们说，金相公家一下哑巴了两个。

金相公的小女儿，只比我大两岁。没娘的孩子可怜，她平时就不声不响，至多和路过的我点个头。如今连姐姐也搬走，父女两个烧饭洗衣的家务都落到了她身上。不久，商店里的塑料脸盆、水桶这样的生活用品越来越多，金相公只能给人修个旧。他赚的钱连嘴巴都顾不住，小女儿辍学，父女两人开始"绩麻"（即把麻搓成线）了。

绩麻这事占地方，需要大场院。好在青砖道地儿很大，尽可以摊放、收晒。此外，他家北边还有一堵砖墙，是二房厅第二进的围墙，很多砖头已经损毁，裸露出一个个豁口。金相公用毛竹扎了个四方的棚架，靠在墙上，棚架上悬挂着一卷卷粗麻。这麻泛着黄绿，在阳光下散发出一阵阵清香。

终于，金相公时来运转了，就在东河沿人最难忘的大旱年。那年夏天，九九八十一天没有下雨，我家门前的漕斗底翻天了。人们在河底掘了土井，早晚打水。万安桥那边三江交汇，河底很宽，搭了戏台，时常唱戏。看戏的人黑压压的，挤满了河底。也有人站在河岸上，观望这难得一见的奇观。

这时，金相公家的门槛被人踏断了，大家争相订购水桶——土井里的水，只能用来清洗，而吃喝的，须到小镇前面的山洞里去挑。没有劳力的人家，让人代挑，便宜的八角一担，最贵的时候一元两角。当时，只要有劳力的人家，都前呼后应地去挑水了。

金相公自然高兴了，他日日夜夜箍水桶，恨不得一天有四十八个小时，饭也不吃，觉也不睡。订单实在太多，他把箍桶分成了几道程序，依次做圆的底盘、弧形的把手、桶身木板。如此标准化作业的好处是转手快，出货多。简单的工序，比如用砂纸打磨之类，让女儿帮着做。

我父亲从绍兴挑来一副做水桶的木板，特意让金相公去加工。金相公本来不接外加工的，但看在我父亲路远迢迢挑来的分上，收了下来。一直没完工，父亲上门催促，我跟了去看，才第一次进入金相公的家。古旧的厢房板壁里面，那套金圈一个个排着队，黄铜的颜色一点儿也没有了。

金相公做桶极其仔细，几块木板比画来比画去，已经看不出拼接的缝隙，他却还在耐着性子比对。父亲接过我家的新水桶，连声夸奖金相公好手艺。金相公抬起头来说："大旱天的水桶比不得平时，你们要挑着它爬山过岭，怎么可以含糊呢？"这副水桶灵巧结实，我家用了几十年。

这年十月，东河沿人终于迎来了第一场透雨。金相公忙乎了一个夏天，人瘦了好几圈。他的背本来就驼，此时几乎弯成了九十度。那天，他和大家一起站在河岸上，看小河里的水涨起来，船高起来，清风从河面吹来，他脸上的皱纹，慢慢地舒展开了。

就在这年年底，我在他家门前的方砖院子里，看到了一个白皙瘦高的少年。也没人告诉我这少年是谁，但从他窄窄的脸和特别长的眼睫毛，我一眼就认定，他就是金相公的哑巴外孙。他在玩一个铜圈，使劲儿甩出去，让它不断转动。如果停下，他就再甩一次。

奇怪的是，这个时候的铜圈，不再是褐色，而是金黄的了。它在暮色里一闪一闪，偌大的二房厅院落，回响着叮叮咚咚的声音。

# 庭淼哥哥

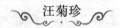

汪菊珍

阿荣家对面,是迎春姆妈家。她家门内的地板紧实,花格窗漂亮。板壁前有紫檀色八仙桌,桌上有一个自鸣钟。报点的钟声清脆、悠长,是整个院子的作息信号。

迎春姆妈身材颀长,短发,眼皮有点儿虚肿,眼神特别明亮。夏天喜欢白色运动衫,戴着草帽,到田里割稻、插秧。她在说话之前,总是先露出微笑。说到高兴处,就开怀大笑。还没有笑完,她就走进家门,独自忙活去了。她的丈夫叫阿岳,红脸膛、高鼻子,说话有点儿结巴。他在粮管所做会计,会左右手打算盘,是著名的"神算子"。

他们有两个儿子、一个女儿。老大出生的时候,算命先生排出的八字,和迎春姆妈相冲,必须找个属龙的干妈。排来排去,找上了我的母亲。凭空地,我母亲多了一个儿子,我们多了一个弟兄。他比我大两岁,名叫庭淼,我叫他庭淼哥哥。

庭淼哥哥的相貌像迎春姆妈,身材颀长,眼皮也虚肿,眼珠很黑。性格像他父亲,不喜欢说话。除了每年分岁到我家吃一餐饭,其余时间从不登门。我家平时的饭桌上,只有豆腐蔬菜,至多一碗杭州湾的白蟹小虾,分岁那天的特别丰盛。庭淼哥哥小小年纪,吃得斯文。吃完,还会举起筷子,对

着每个长辈说"慢吃"。然后,用筷子对着我们孩子转个圈儿,笑一笑,就起身了。

母亲赶紧也起身,从房间抽屉拿出一沓沓簇新的压岁钱,分发给我们。庭淼哥哥的厚一点儿,不知道多少,也不知道哥哥姐姐的,反正我一直都是四角。这钱挺括——印有各种打扮的一排男女,浅咖啡色——随便一摸,就会啪啪作响。我怕折坏了,不敢放进口袋,藏到枕头底下去了。

庭淼哥哥拿着压岁钱走了,而我的压岁钱,不到第二天中午,就被母亲收去了。我不乐意,开始还哭闹,大些才懂,这压岁钱是在庭淼哥哥面前做的表面文章。后来形成了规矩,第二天,就自觉把压岁钱上交给母亲了。

庭淼哥哥来的时候,也不是空着手。他带来的是孝敬长辈的粗制草纸

包,开始两包,后来三包甚至四包,用细麻线捆扎成一串。还有白糖、红枣、金枣(米粉做的),母亲收下白糖,把金枣等退回去,再添加一包别的。看上去这礼好像费事了,但是,如果庭淼哥哥不送,或者我母亲不调换一包,就是失礼。

迎春姆妈特别客气,还要让庭淼哥哥再跑一趟,把金枣或者母亲给调换的那包再次送来。这个时候,我母亲可能不在,别人又不做主,这纸包就暂时放在我们家了。自然不会放在堂前桌上(怕我们孩子眼馋),也不会放灶间(怕老鼠来偷),一般由外婆放进她的床头橱,或者她床后的米桶里。

这下,我和姐姐便做了"老鼠",偷偷寻找这个纸包——哥哥是家里的骄子,他不屑于这些女孩子喜欢的把戏。找到以后,一阵窃喜,轻轻捏一下。如果是金枣,好办,只要从角上开个小小的口子,细细的半截很快就出来。如果是红枣,就难办了,拆开麻线,我再也包不上。不过,过不了几天,纸包已经松开,红枣也可以轻松到手了。

如果大人忘记了,就会连续去偷。眼看着纸包变瘪变轻,心里不无担忧,还是照偷不误。奇怪的是,我们每年都如此这般,大人并不会十分计较。经常的情况是,这个纸包已被我们消灭了一半,母亲才突然发现了似的,用她特有的眼神横我们一眼,然后叹口气说:"这下怎么办呢?"

可能因为总是偷拆庭淼哥哥送来的纸包,我每次经过他家门口,总是感到不好意思。好在庭淼哥哥除了出门读书,从不出来玩耍,我们也相安无事地过了很多年。然而,长大了的庭淼哥哥,就连分岁吃饭,也越来越迟。一次,等不及了,母亲便派我去请。

印象里进过他家几次,都是进堂前间,进入后半间只有这一次。他家里静静的,只有迎春姆妈在灶头忙碌。她说天齐有事出去了,让我等一下。她怕我无聊,擦干了手,上楼拿来一个广口锡瓶,掏出几把小核桃塞到我手里。我这才看到,她家的楼梯门竟然有两道,外面的一道是摇门。

庭淼哥哥一直没回家,我跟着迎春姆妈来到后门口。原来,楼房后面,还有三间高平屋，天井里还有一口古井。难怪庭淼哥哥可以不出门，原来做洗衣烧饭这些家务，他可以从这里打水——母亲一直说，庭淼哥哥读书好，在家也勤快。那天什么时候等到庭淼哥哥，又怎么一起到我家吃年夜饭的，我倒忘记了。

我高中的时候，曾经想到阿红家纺石棉。阿红说，她家已经有了两辆石棉车，放不下更多了，可放到二房厅穿堂。我感到为难，但阿红说，这是众家堂前，谁都可以去。也是，已经有好几辆了，都放在靠庭淼哥哥家这边的墙壁边——他家外面没放任何东西，还扫得非常干净。这个穿堂确实宽阔，放了七八辆石棉车，也不妨碍路人经过。

这个时候的庭淼哥哥已经高中毕业，做了小镇的民办教师。时常见他腋下夹着几本书进进出出，却从来不抬眼看一下他家门口的这些姑娘，更别提招呼一声了。也见过他背着那个谢老师弹奏过的手风琴回家，却听不到他的琴声，我猜想他是在后院的房子里弹奏的。

后来恢复高考，庭淼哥哥第一批考进了大学。这时，我正在滨海代课，趁庭淼哥哥读书报到的机会，换到了他的学校。我接过他的备课本，才知道庭淼哥哥教的是化学。也第一次看到庭淼哥哥的字迹，那样刚劲娟秀。当然，他备课极为规范，让我也学了很多。

庭淼哥哥毕业后，留校做了老师。不久，他在那里结婚生了儿子，少回家来了。但是，很长时间里，母亲还是惦记着这个干儿子。她总是说："庭淼的儿子几岁了呀，我应该给个红包呢！"母亲的红包后来有没有送出，我因为外出了几年，也不知道了。

清晰记得的是，我考进大学后，迎春姆妈送了我一件的确良的衬衫。精细的白底子上，印满了一串串蓝色迎春花，还点缀着红、黄、蓝三色小星星。这是我收到的第二件新衣——第一件是十岁时天花外婆送的。我穿了很久，后来做了棉袄的里子布。棉袄还在，只是不知道放哪里了。

# 彩　礼

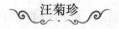

汪菊珍

　　乔爹家屋后，是二房厅第二进大门。石槛，石阶，两旁还有剩了大半截的石柱。石柱砌有古色古香的花纹，上端都是斜角，斜角之下有火烧过的痕迹。这里进去的院子铺着交错相间的长条石，雨后坑坑洼洼的，积满了泥水。楼房高峻，重檐歇顶。五间，中间穿堂，两边每间一户。

　　右边第一间，是达琛姆妈的娘家。此时的主人是她的小弟，名叫加山。加山个子不高，面黄肌瘦，有颗镶银边的门牙。他的耳朵很聋，来达琛姆妈家，要么不说话，坐一阵便走，凡是说话，都很响亮，吵架似的。但是，这个聋子有文化，是我们生产队的出纳，男女出工多少、秋后分粮分草，全在他的一支笔下。

　　他的老婆叫美英，眉眼十分好看。也真是奇怪，美英还很年轻，但大家都叫她美英大妈。更加奇怪的是，美英大妈的嗓子非常沙哑，却很会唱戏，会的戏文还很多，滩簧、越剧，如果听的人要求，也会来几句绍剧。听说，这个美英大妈，是加山去看戏，一眼看中，就娶了她进门的。

　　这对夫妇生了两个儿子，一个女儿。大儿子比我大多了，小的又比我小不少。独有中间的那个女儿，和我年纪相仿。按说，这个叫阿荣的女孩儿，也该是我们的玩伴儿。但是，我爬阿红家的大廊柱，和阿红她们一起跳橡皮筋的时候,阿荣还流着口水,拖着鼻涕,坐在座车里。座车底下塞着一个扁盆,接她的屎尿。

然而,她的座车,却做得精致好看。当时养孩子,都用座车,但一般都是竹制的(没有靠背,翻过来可以当凳子)。冬天,用的是草窠——稻草编一个半人高的无底圆桶,孩子放进去,底下塞个火熜。阿荣的座车,不知道是用什么木头做的,深紫颜色,光可鉴人。车头有放吃食的盘子,后面有雕刻精细的靠背,两旁还有围栏。

我们读书了,阿荣不再坐在座车里,而是靠在她家的门枋上,露出满口黄牙,对着路人傻笑——这门对着二房厅穿堂,和左边的庭淼哥哥家相对,叫相见门。有时,她家前面的长条石道地上,摊着一张竹簟,簟子里晒着稻谷。阿荣拿个扫帚,咿咿呀呀地赶鸡。鸡们不听她的,她生气了,把扫帚扔过去。

鸡们四处乱飞,有的飞到乔爹家屋后的空地,咕咕叫唤着;有的逃向穿堂,躲进草堆,钻进那把座车。原来考究的座车,此时却放在她家门外的草堆旁边,做了母鸡下蛋的鸡窠。我见到过,一只鸡娘正在座车里生蛋,另外的鸡来占窝,鸡娘乱叫一阵。阿荣看鸡们吵闹,更加生气,拿扫帚使劲儿敲打座车,座车纹丝不动。

啪嗒,啪嗒,一个晴朗的午后,二房厅来了一个拎黑皮包的男人。男人敲副竹板,是当时不太见得到的古董商人。他看到阿荣家草堆里的座车,目光专注了——他早就听说过,二房厅里有异物,还真没有想到,一下就让自己碰上了。古董商人赶紧抹掉灰尘,里里外外端详了一番,他笑开了。

这天以后,他几次来到二房厅,总是围着座车转。加山夫妇忙完了外面生产队的,再忙着家里几个孩子,开始并不知道这事。后来,邻居告诉了他们,他们并不相信。仔细盘问过阿荣和她弟弟后,这夫妻两个才暗暗高兴。又不怎么有把握,很想从商人那里确定一下。

终于有一天,加山夫妇碰到了商人。商人非常客气,把这个座车的各种

好处说了个遍，然后问卖还是不卖。加山读过书，知道这东西如果真如古董商人说的，便是祖上留下来的老物件，不能随便卖掉。美英没有文化，但她会唱戏，知道一点二房厅的历史，便也听从了丈夫的。

从此以后，他们把这把座车当作宝贝供奉。擦洗干净，用蜜蜡上过色，再用一条花被单盖住，藏到了楼上。时有好奇的人，到他们家去看个究竟，这夫妇两个，居然不肯。只有至亲好友来到，才引着他们上楼看看。一时，阿荣当时拉屎撒尿的这把座车，成了大家茶余饭后的重要话题。

我们初中刚刚毕业，阿荣出嫁了。是她家对门的迎春姆妈做的媒，婆家在滨海的偏远处。新郎得过小儿麻痹，腿脚有所不便，学了木匠手艺。婆家说："阿荣嫁过去，什么都不用准备，只要这把座车做陪嫁就成。"加山夫妇明里知道这代价不小，同时也明白，如果错过了这桩婚事，就难以找到更好的女婿了。

滨海娶亲的彩礼很多，美英大妈拿它做了大儿子讨老婆的本钱，还绰绰有余。

# 七月的枣

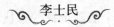
李士民

七月的夜晚,我蹲在那棵枣树上,嗅着枣子清爽的气息,在夜色里摸索一颗又一颗的小枣子,耳边,却飘来村前戏台上崔影牵魂揪心的唱腔:

> 石榴开花红似火,
>
> 翠娥头上插一朵。
>
> 十七八闺女她把花来戴,
>
> 小媳妇戴花人笑我。
>
> 手里挎着竹篮子,
>
> 我要到地里摘豆角。

这会儿,我应该在戏台的第一排,离得最近,看得最真,听得最切。看着崔影移动的碎步,听着崔影的柳琴戏《喝面叶》,那样的滋味儿,是不是比吃小枣儿还甜、比喝面叶还滋润?可是,谁让我喜欢上了崔影呢!所以,我蹲在枣树上,也是为了崔影,是想让崔影吃上又甜又脆的小枣儿,让她润润嗓子,提提精神。

只是,我蹲着的这棵枣树,不是我家的,也不是公家的,而是老鹅爷家

的。而且，村里人谁都知道，老鹅爷把枣树护得紧着呢，比鹅看得还紧，比鹅守得还铁。平日里，谁要是在他家枣树下停一会儿，老鹅爷都会拿眼瞪谁，拿嘴骂谁。别说枣子，枣叶儿也别想动一动。

此时此刻，老鹅爷一定是端坐在观众席的中央，眼珠儿都不转地盯着戏台上的崔影呢。对，老鹅爷是个戏迷，他去村前看戏，家里却演了空城计——院门虚掩着，枣树没人守了，小枣儿都在等着我。

其实，刚开戏的时候，我是先去了戏台那儿的。锣鼓家伙一响，先出场的是翠娥的相公陈士铎。那个演陈士铎的家伙长得又老又丑，一亮腔像个公鸭，恨得我咬牙切齿，想冲上戏台把他揍趴下，我来演陈士铎。这样，我就能和演翠娥的崔影搭戏了。最气人的是，陈士铎的台词儿又臭又长，拖拖拉拉，我已经等不及崔影出场了。临走的时候，我还看了一眼坐在观众中央正晃着脑袋眯着眼睛的老鹅爷，他怎么也不会想到一个12岁的少年正欲"攻城拔寨"呢。

兜里的小枣儿越来越鼓了，那边锣鼓也越敲越响了。我想着，崔影的碎步越走越快了，老鹅爷的眼睛越眯越小了。

一千个一万个没有想到的是，大门吱呀一声开了。我借着月光一看，老鹅爷已经搬着小马扎进了院子。啊呀呀，村前的戏唱得正热闹，老鹅爷抽身回来，这是杀一个回马枪啊！

我屏住了呼吸，希望稠密的枣叶能遮挡住我单薄的身体，也希望老鹅爷昏花的老眼什么都看不到。

不知道是老鹅爷给了我一个机会，还是他还沉浸在《喝面叶》里，老鹅爷从树下走过，直接去了堂屋。

这当儿，我得抓紧时间了。只是，我上得太高，已经在枣树的最上边的树杈上蹲着了，所以，只能在夜色里小心地往下滑。

您猜对了，我还没有滑到树下，老鹅爷搬着一张软床，从堂屋里出来了。老鹅爷一边走，一边唱起了《喝面叶》：

大路上走来我陈士铎，

　　赶会赶了三天多。

　想起来东庄上唱的那台戏，

　　有一个唱得真不错。

　　头一天唱的三国戏，

　　赵子龙大战长坂坡。

老鹅爷唱得那个得意，比戏里的那个陈士铎还得意；老鹅爷唱得那个难听，比演陈士铎的那个又老又丑的演员唱得还难听。黑暗中，老鹅爷就是不知道我的难，就是不知道我的急，我抱紧了树身，一动也不敢动，憋着一大泡尿。

我的老鹅爷，搬着软床停在了树下，不偏不倚，把软床放到了树下。是的，老鹅爷面朝天躺在了软床上。

大概老鹅爷的眼睛真的不好使了，他并没有看到我。他躺在床上，还哼哼唧唧，唱着那个《喝面叶》。

后来，我终于忍不住了，嘤嘤地哭了。

这时候的老鹅爷，像是变了一个人，他轻声儿说："乖乖，慢慢下来吧。"说完，老鹅爷还从床上下来，轻身走到树干这边，托着我往下滑，扶着我站稳了。

老鸹爷没有打我,也没有骂我,只是,他把我兜里的枣儿全都掏出来,放到了软床上。后来,老鸹爷又捉住我,捧了一捧枣儿,装进我的衣兜里,然后拍拍我的屁股。

我一溜烟儿地逃掉了。

那一捧小枣儿,我一个也没舍得吃,每一颗都是给崔影留着的。

第二天一大早,我就朝村南戏台奔去。戏台上,只有队长在收拾东西。我问队长:"唱戏的呢?"队长说:"一大早就走了啊!"

我把手插在衣兜里,傻愣愣地站着。汗涔涔的手,摸到的是那些温热的枣儿。

# 八月的梨

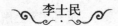
李士民

那天,四方的姐来了。

其实,四方的姐来了,和我一点儿关系都没有。只是,四方是我们村的,四方是我最好的伙伴。

那天,四方的姐给四方家带来一篮子酥梨。

其实,四方的姐带来的酥梨和我一点儿关系都没有。我知道,四方的姐婆家在高庄。高庄酥梨,在我们这地方很出名的。

到了后来我才知道,四方的姐来了和四方的姐带来的酥梨,都和我有关系。

就是那天傍晚,四方悄悄把我拉到村前的一个麦秸垛边,一转身,他手里就托起了一只雕塑般的酥梨。虽然是傍晚,我还是能看清楚那只酥梨椭圆的形状、好看的模样,当然,我也闻到了一股甜丝丝、香盈盈、酸溜溜的气息。

四方用袖子擦了擦酥梨,递给我说:"你吃吧。"

我没有说话,摇摇头。

四方瞅了瞅四周,低声说:"你吃吧,我看着你吃完。"

我说:"等天黑透了,我再来吃。"

于是,四方和我把一只酥梨埋在麦秸垛里,然后,我们拉拉钩,分手了。

谁也不知道,就在我看到这只酥梨的那一刻,我就产生了一个想法:四方的姐带来的酥梨,我想送给我姐吃。而且,我也有四方一样的想法,看着姐姐吃下这只酥梨。

是的,我姐也出嫁了。我姐的婆家,就在离县城不远的郭庄,离我家,三十多里的路程。

当天晚上,我还偷偷借了邻居秋生一双解放鞋。穿上这双崭新的解放鞋,我就可以体面地去姐姐家了,而且,穿上解放鞋走起路来虎虎生风,快呀。

只是,借解放鞋也让我付出了代价,我答应帮助秋生抄写三遍新学的课文。临走的时候,秋生还叮嘱我:"千万不能弄脏了解放鞋。"

翌日,我成了村里起得最早的人。我用一个蛇皮袋,小心地把那只酥梨装进去,背在身后,顺着一条河堤上路了。

走在河堤上,天渐渐亮了。河岸上,成排的树;河床上,青青的草;河道里,潺潺的水。我曾在河边放过羊,羊吃草的时候,我就在草地上打滚儿。于是,我记忆之门也被打开了。

那年夏天,我在河边放羊时,羊去河边吃草了,我光着脚,踩着柔柔软软的草,数着河边的羊群,一不小心踩上了老蒺藜,扎得脚丫鲜血直流,走不成路。那时,我姐来了,她想都没想,背着我就往家跑。我姐跑得很快,我姐跑得又很艰难,因为我姐的个头小身体瘦弱。我觉得,姐是世界上跑得最快的人。

那年八月十五,娘给我一个苹果,给姐一个苹果。然后,我和姐就躲到我家菜地里去吃,我的苹果吃完了,可是,姐的苹果一口都没吃。我问:"姐,你咋不吃?"姐说:"这个苹果也是给你留的,我看着你吃。"就这样,姐看着我一口一口把苹果吃完了。我觉得,姐是世界上最疼我的人。

一阵狗叫,把我惊住了。

我下了桥头的时候,那里有一户人家,院子里没有人,门口却有一条黄狗。

也许,是那条黄狗想看看我袋子里背的啥东西;也许,那条黄狗是眼热我穿了一双扎眼的解放鞋。反正,那条黄狗是冲着我叫唤的。

开始,黄狗只是朝着我叫唤,然后,它得寸进尺,撵着我叫唤。这么一个人生地不熟的地方,我还是很害怕的,我害怕的时候,就开始往前跑。黄狗看我跑起来,便在后面追起来,一边追一边咬。

我在前面拼命地跑,跑着,还护着袋子里的酥梨。

黄狗并没有咬住我,而是咬住了我的解放鞋,或者说,咬住了秋生的解放鞋:解放鞋上,留下了两个洞。

我摸摸解放鞋上的两个洞,心疼得直掉眼泪,哪怕我的脚被狗咬出两个洞来,也别在解放鞋上留下两个洞呀。

我把受伤的解放鞋脱下来,系在蛇皮袋上,和那只酥梨一起搭在肩膀上。此时,太阳已经老高了,肚子也开始咕咕叫唤。

终于,我到了我姐家。

可是,我姐家的门上,挂着一把锁。

过了好久,大概是一位邻居走了过来,邻居说:"别等她啦,大早上的,就慌慌张张地回娘家了,听说,是想她娘家弟弟了。"邻居还说:"还为她娘家弟弟买了一双解放鞋。"

邻居又说:"你就是她弟弟吧?"

我点点头,扑簌簌的眼泪滴落在八月的酥梨上。

# 九月的柿子

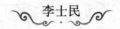

李士民

我娘说,柿子到九月就熟了。

关于柿子成熟,我问过娘有一百遍了,娘也不厌其烦地回答了一百遍。

所以,我觉得,九月是世界上最美好的月份。到了九月,柿子就会成熟,柿子成熟了,该有多好呀!

大概是四月,我家院子里那棵柿树,开了一大堆的花,花是淡黄色,比我梦中的花都好看。

一场春雨之后,一大堆的花都落了,却没有留下一大堆的果,仅仅留了一枚青青的柿子。那枚柿子,像一个羞涩的孩子,躲在树杈里,让我每天无数次地去看,生怕它跌落下来。

柿树是四年前的春天爹栽在院子里的,那是爹的一个朋友送给爹的树苗。可是,柿树栽上后,却成了我哥的眼中钉肉中刺,因为哥那阵子热衷于练武,他准备在柿树那儿栽两根木桩,绑一个沙袋。而我却不依不饶,誓死保卫柿树,于是,我成了哥的木桩和沙袋。

在经历了哥的暴风骤雨般的拳脚之后,我的柿树保住了。

如今,柿树修成正果,真的结出了一枚果实。

九月在我的巴望之中来临了。九月的太阳多高啊,九月的云彩多白呀,九月的柿子变得红彤彤。那个红彤彤的柿子,像一个个大红灯笼,照亮了我九月的生活,点亮了我九月的日子。

有几回,我哥站在柿树下,傻傻地盯着那枚柿子,我就拿眼瞪他,拿毛巾挡他。我说:"这枚柿子上早就写上我的名字了,你就别打歪点子了,死了这条心吧。"

事实证明,我哥确实死了这条心。因为,哥的心思全都放在了"相亲"上,西村的媒人要给我哥说媒,哥那个兴奋,天天对着穿衣镜弄来弄去,头发捋得像牛舔的,牙齿刷得像蒜瓣子。

我一次又一次地想,那枚柿子,一定好吃得没办法。这样的时候,我哑巴着嘴,开心得没办法。

想来想去,我又有了新的想法,我想把那枚柿子送给崔影。如果崔影吃了这枚柿子,一定也会开心得没办法。

崔影的柳琴戏唱得多好呀!崔影的腰身扭得恰到好处,崔影的巧手摆得惟妙惟肖,崔影的眉眼转得如水如波。

走三里来回头望,

舍不得鸡鸭和牛羊。

走四里来回头望,

舍不得门前的两行桑。

走五里来回头望,

杨柳树遮住俺的凤凰庄。

崔影一出场,我的眼睛就不够用了,崔影啊崔影,这枚柿子,不是你的,又是谁的?

傍晚,村头儿的大喇叭响起来,队长扯着嗓门儿喊:"这两天柳琴戏班就来,给咱唱《王天宝下苏州》,乡亲们看过戏,就该收秋啦!"

戏台真的搭上了,戏班就要来了,当然,女主角儿就是崔影。队长忙前忙后地跑,大人们走过时禁不住往这边多瞅几眼,小孩子们在戏台前又蹦又跳。谁又能知道,那枚红彤彤的柿子,就要不偏不倚照亮崔影的腰身,就要如水如波点亮崔影的眉眼!

那天中午,放学铃声刚响,我就第一个冲出教室,呼呼啦啦地往村里跑。

到了村口,我听见锣鼓家伙还咚咚锵锵地响,心里就踏实了:戏,还没结束;崔影,还在舞台上。

我家的大门,却关得严严实实,还上了一把锁。我娘,站在左边,脸上笑成了菊花;我爹,站在右边,脸上笑成了韭花。哎呀呀,村前唱的是《王天宝下苏州》,我家里这是演的哪一出呢?

我爹上前拦住了我,比画着手势不让我进。

我小声说:"我有大事呢。"

我娘悄声说:"再大的事,有你哥娶媳妇重要吗?"然后,娘指了指院子说:"你哥,在里面相亲呢。"

我的脸马上红了,或者是急的,或者是羞的。我哥是相亲,那我是干吗呢?

此时,我家大门口也是很热闹的。我娘,抓着耳,脸上还是笑成了菊花;我爹,挠着腮,脸上依然笑满了韭花;我,搓着脚,脸上拧成了麻花。还有几个邻居,等着瞧我哥的对象呢!

终于,大门开了,我看见,哥憨憨地笑,哥的对象羞羞地笑。看来,哥的戏演得很成功。

只是,我的那枚红彤彤的柿子不见了。

不用说,是我哥送给他的对象了。

我一屁股坐在地上,一手托着通红的脸,一手揉着通红的眼。

娘说:"明年给你一树柿子。"

呵,娘就不知道我心里咋想的。

# 龙 须 巷

韦 名

巷是古巷,又宽又深,路面清一色的油麻石,光脚走着啪啪响。

往里走,巷像大树,不断分岔,主巷分岔出小巷,小巷又分岔出若干小巷。

据说,一日来了个先生,先生在巷里走,走着走着,就走迷糊了。先生一出来便问:"这叫什么巷?"

"树巷,"族长解释,"因像大树一样分岔。"

先生沉吟不语。

族长递烟上茶。

"此地为龙地,龙地树巷,树阻龙腾,可惜了!"先生捻须道。

"何解?"族长追问。

先生只捻须,不语。

族长递上银子。

"叫龙须巷吧!"先生解释,"此地衙门所在,衙门对面有一大照壁,左右各有冷巷一条。衙门为龙,二冷巷即为龙须。"

"龙须巷?"族长恍然大悟,"须树音通,须前加龙,好!"

"龙须龙须,飞龙在兮!"先生赶紧收了银子。

叫了许多年的树巷从此改名龙须巷。

改名的巷虽然数百年出不了龙,却因县衙所在而不贫瘠。龙须巷里的人也多得教化,民风淳朴。

衙门后来改成了县政府。县政府在我很小的时候就搬走了。搬走后的衙门里面是公社,外面是派出所,一般人轻易不会去。1960年的夏天,我们几个小朋友却齐齐进了衙门里的派出所。

1960年的龙须巷,路面还是清一色油麻石,走在上面啪啪作响。但那时,更响的是肚子。一天到晚,我们的肚子咕咕叫,见了路上像番薯一样的石块,眼睛都发直。

可石头就是石头,填不了肚子。巷子里有些大人的脚开始水肿,我们小孩子个个皮包骨,面黄肌瘦。

"我找到吃的啦!"那天,"高个子猴"神秘兮兮地把我们几个叫在一起。

猴是我们这群孩子的头儿,能吃饱肚子的时候带着我们在龙须巷里"抓特务"。后来,没东西吃了,猴便带着我们到乡下山里摘野果找东西填肚子,到路上捡龙眼核带回家磨成粉、蒸成粿——尽管很涩很涩,难以下咽,可还能填肚子。再后来,实在找不到东西吃了……

"在哪儿?"我们都伸出了手,搜猴的身。

"搜啥? 找到了,关键还要看你们配不配合。"猴急了。

"配合!"大家异口同声。只要有吃的,谁傻得不配合?

猴告诉我们,每三天有个外地人挑着两筐东西经过龙须巷:"我侦察过了,他挑的可是豆箍,能吃!"

猴讲的豆箍,是我们这里把花生压榨炼油后遗下的花生渣儿,箍成一个个圆饼状,晒干,用来当肥料或猪饲料。

"怎么才能弄到他的豆箍? 他可警惕了。"猴这一提醒,大家都记起了这么一个人。可挑担的是个机灵的壮小伙儿,不好下手。

"大家听我的……"猴成竹在胸,俯身对着大伙儿的耳朵说。

煎熬了两天后,是挑担人经过龙须巷的日子。我们按照猴的部署,早早到位。

后响，挑担人挑着担子来了。当他进入我们的预定区域后，猴给"山羊"使了个眼色。

山羊是我们这群人里跑得最快，也最能跑的一个。按照猴的计划，山羊在这时要及时出现，跟在挑担人的后面，找到机会，从挑担人筐里抽出一捆豆箍，然后狂奔——利用让外面的人走迷糊的龙须巷，甩开挑担人。万一，挑担人追得紧，山羊则扔下得手的豆箍，趁挑担人捡回豆箍时脱身……在挑担人追赶山羊的时候，其他人一哄而上，每人拿走一捆豆箍，分散跑开……

不得不说，猴的计划是一个完美的计划。我们埋伏在不同的巷子，等待山羊得手，挑担人中计。

山羊得手了，挑担人果然中计，放下担子，狂追山羊。

我们一拥而上，拿了东西又一哄而散。

我们得手了！山羊却未能脱身：挑担人一路追赶山羊，你左转他转左，你右拐他拐右……被追得紧的山羊只好扔下豆箍，以求脱身。挑担人却不按常理出牌，不去捡山羊扔下的豆箍，只追赶山羊。

山羊被"俘"了——被挑担人送到了龙须巷派出所。

失手的山羊，供出了猴的全盘计划和全部参与人。

我们全都落在了"迷瞪眼"的手里。

迷瞪眼是派出所的一名胖警察，话不多，长着个刀疤脸，据说是打日本鬼子时落下的伤疤。迷瞪眼是个有名的狠角色，他的狠招儿，在龙须巷里传得很神乎，即抓住了人，先是一瞪。迷瞪眼的一瞪，眼里放青光，就像一把利刃，能把被抓的人剜得心虚发毛。再是一吼，"老实从宽，抗拒从严"这八个字，从迷瞪眼的嘴里吼出，字字如炮弹，打得屋里的蜘蛛网都会乱颤。当然了，被吼的人，很多腿脚也颤抖。一瞪一吼还解决不了问题，那就一拍。迷瞪眼拍烂过好多桌子，后来桌子都封上了铁皮，迷瞪眼一拍，简直是地动山摇，胆子小的当即尿了裤子。如果这三招儿还不行，就用最后一招——上手

段。龙须巷里传他的手段很多，但谁也不知道迷瞪眼上的什么手段——没人经历过。

狠角色迷瞪眼，不仅小偷小摸的犯罪分子怕他，龙须巷里的小孩子也惧怕他。小孩子半夜久哭不睡，大人们常常用"迷瞪眼来了"这话吓小孩儿。

也许因为自己狠招儿威慑，也许因为龙须巷本就民风淳朴，迷瞪眼一年到头也没多少案子可办。

落到了迷瞪眼手里，我们料想一定没有好果子吃，吓得面如死灰。

"把拿走的豆箍都交回来！"迷瞪眼一瞪，我们个个都把头垂到了裤裆里。

"同志，他们是抢不是拿！"挑担人纠正迷瞪眼。

"是你办案还是我办案？"迷瞪眼瞪了挑担人一眼。

挑担人嘴张了张没再说，脸却憋得通红。

"听到没有？赶紧把拿走的豆箍交回来！"迷瞪眼不看挑担人，朝我们吼，"再等待处理。"

除了山羊，我们赶紧离开派出所，去找刚刚藏起来的战利品。

六捆黑黑硬硬的豆箍完完整整交回了派出所。

"还有这个。"迷瞪眼指着连人带赃带回的一捆豆箍问挑担人，"点点数，齐了没有？"

"齐啦。"

"齐了还不走？"迷瞪眼吼叫挑担人。

"他们，他们……"看着吓人的迷瞪眼，挑担人欲言又止。

"他们会得到处理的！"迷瞪眼不耐烦了，转过身对着站在墙边的我们，"罚你们一周劳动改造。一周后回来派出所报到！"

挑担人满意地挑着担子走了。

我们这一排"芦柴棍"齐刷刷地低垂着头。

1960 年的夏天，我第一次进派出所，第一次和小伙伴们接受劳动改造。

这一年,我六岁。

迷瞪眼给我们安排的劳动改造是,到一片旱地,帮派出所拔花生。那是一周幸福的劳动改造,尽管头上烈日炎炎,每个人都汗流浃背,衣服湿了干、干了又湿,但我们就像掉进油缸里的老鼠,每天吃花生吃得饱饱的——当然了,花生壳都就地埋了,美其名曰"积肥"。

一周后花生拔完了,我们的劳动改造也到期了。我们齐齐到派出所,向迷瞪眼报到。

"滚!"迷瞪眼好像忘了我们的事,迷瞪着眼,大声喊着,赶我们走。

清一色的油麻石,脚步声四起。

"您还记得我们当年偷豆箕的事吗?"多年后,我退休回到龙须巷,专门去看迷瞪眼。

衙门里面的公社改成了镇政府,派出所还在外面。古巷却依旧,走在清一色油麻石路面,啪啪作响。

"是拿。"迷瞪眼很老了,眼睛更加迷瞪,人却异常清醒。过了一会儿,他反问我:"花生好吃吗?"

我双手紧紧握着迷瞪眼的手,一个劲儿点头:"是您老当年可怜我们饿肚子,刻意安排幸福的劳动改造?"

"龙须巷民风淳朴!"迷瞪眼答非所问。

温煦的阳光照进古朴的龙须巷,斑驳迷离,我瞬间泪眼蒙眬。一群小孩远远从阳光中走来,龙须巷里的脚步声十分清脆。

# 习　惯

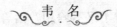

韦·名

人要没些兴趣爱好,那肯定少盐寡味、平淡无奇。

聂森就是这样,没了兴趣爱好,每天无所事事,总觉得度日如年。

一次,聂森得了个小病,看了无数医生,未愈。朋友推荐了一名老中医,专治久治不愈和未病,有奇效。

聂森慕名前往。

老中医须发皆白,却红光满面。

望、闻、问、切,了解了聂森的病情和状况后,老中医边切脉边问:"抽烟不?"

曾经,高兴时抽,苦恼时抽,工作顺利时抽,压力大时抽,经常是"为节约火柴",烟一根接一根,后来……唉! 聂森摇了摇头,果断地说:"不抽。"

老中医问:"喝酒不?"

遥想当年,喝酒当喝水,一天数餐,一餐数场。革命的小酒天天醉,怎能不喝? 可后来,这也不行了,那也不行了……聂森苦笑着答:"基本不喝。"

老中医再问:"爱女人否?"

当年可是有贼心没贼胆,现在是贼心贼胆和本领都没了,聂森小声说:"不爱。"

老中医沉吟片刻,最后问:"平时有什么爱好?"

聂森年少兴趣广泛,爱交游,善打球,喜读书,好练字……几乎无所不爱,无不略懂一二。后来忙,渐渐地,这也不喜欢,那也没空玩儿……聂森想了想,心虚地说:"没——有。"

"你不用看了,回去吧!"老中医把打开了的病历本合上,一字未落,退还给聂森。

"为什么?"

"啥兴趣爱好都没了,看了又有啥用?活着还有啥意思?"老中医一脸不屑。

…………

聂森回去后想想,也是,一个人如果啥兴趣爱好都没了,生活还有啥意思?

第二天,聂森便上街买回纸和笔,还有运动鞋,准备重拾旧爱——书法和运动。

开始练字,聂森学王羲之,临《兰亭集序》。练了一段时间,聂森感觉大有长进,每写一幅满意的字,犹如早年工作受上级表扬,兴奋异常。

运动呢,则是每天万步走,不达目标不歇息。

说也怪,每天走走路,练练字,聂森不再病恹恹了。后来一检查,久治不愈的病居然也好了。

一日,聂森正在练字:

永和九年,岁在癸丑,暮春之初,会于会稽山阴之兰亭……

练字的书房,静可聆针。

突然,窗外"呜——呜——呜——"急促响起火警声。

聂森的"修"字刚落笔,手抖了一下,一撇变成一大点儿。

火警声越来越近,越来越尖厉,越来越急促。聂森不仅手发抖起来,心也急促地跟着颤抖。

"着火了?"聂森放下笔,望了望窗外,好久才回过神来。

火警声渐小。

洗脸。喝茶。大半天,聂森的手虽不抖了,心却还揪着。

字是练不下去了。聂森换鞋出门,去活动活动。

公园里阳光明媚,游人如鲫。

"老聂,出来走走啊!"常打照面的老王头迎面过来,热情地和聂森打招呼。

"是啊,老王早!"一声"老聂""老王",让聂森倍感亲切,逛公园的脚步也轻松了许多。

一圈儿走下来,微微出汗,聂森回家洗了个澡,顿时神清气爽,又练上了字:夫人之相与,俯仰一世,或取诸怀抱,悟言一室之内;或因寄所托,放浪形骸之外……

一气呵成。

停笔欣赏,远观近视,左看右瞄,聂森越看越高兴:行笔潇洒飘逸,犹如行云流水;点画疏密相间,字体骨骼清秀,如得书圣真传。聂森看得手不释卷。

"吃饭了,老聂。"老伴儿做好了午饭,催促聂森。

"哎——你过来看看。"聂森叫老伴儿从来都用"哎"代替。

"不看。你是干啥都入魔!"老伴儿嘴上说着,脚却听从聂森的召唤,进了书房。

"再练一练,又可上个台阶。"聂森陶醉于书桌上那幅行书。

"可别学人家书圣,用馍馍蘸墨吃。"老伴儿原是文化人,为支持聂森,在家相夫教子,说起话来一套一套的,"吃饭去了。"

聂森恋恋不舍地离开书房。

又一日,练字、运动后,聂森和老伴儿早早上床。

"祝你做个好梦!"心情很好的聂森睡前对老伴儿说。

"You, too."老伴儿笑着用英语回。

聂森真的做了个好梦。梦里,聂森一袭中山装,满脸红光,在自己的书法展上指指点点,俨然是个书法大家。

"呜——呜——呜——"声音从窗外飘进来。

"着火了!着火了!"聂森从床上一跃而起,手不停地发抖。

"怎么啦?"老伴儿被吵醒了,睡眼惺忪地问。

"你听,火警!"聂森一脸紧张,心也和手一起颤抖起来。

老伴儿侧耳,果然听到了越来越小的火警声。

"老——聂,有人负责呢,睡吧。"老伴儿故意把"老"拉长,起床,给聂森倒了杯水。

"是的,有人负责。"接过老伴儿递过来的水,聂森明白了自己的身份,清醒了过来。清醒后,聂森心里平静了许多,心不再揪着。

再躺下去,梦自然续不上了。聂森没睡着,在床上"烙饼"。几十年的往事,如烙饼上的芝麻一样,一件件在聂森脑里闪过。

往事如烟,有苦有乐,有激动有苦闷。有两件事,却让聂森不能忘怀——半夜电话和火警声。

聂森总结，半夜的电话大半都不是什么好事，要么哪里出了安全事故，要么……多少年，聂森电话24小时不敢关机，就在等不想接的半夜电话。自从聂森成了"老聂"后，老伴儿每天睡前都把聂森的电话关了——其实白天也没多少电话。

"睡吧!"老伴儿也没睡着。

"嗯。"

夜深了，聂森终于入睡。

"呜——呜——呜——"

风干物燥，深夜，消防车的警报声再次响起。

"哪里着火了?"刚刚入睡的聂森，又从床上一跃而起，喊道。

"老聂。"老伴儿再次被吵醒。

"发生火灾了!"半梦半醒的聂森起床穿衣服。

"老聂，睡你的安稳觉吧，你已经不是书记了!"老伴儿知道，自那次在聂森任职的地方发生火灾，楼塌死了十几人后，聂森就对火警声心存恐惧。

"哦。对。"聂森穿了一半衣服，停下来，良久又喃喃自语，"习惯了。"

"睡觉吧!"老伴儿示意聂森回床上睡觉，"要好好改改你的习惯了!"

聂森望着窗外三辆疾驰而过的红色消防车，久久不语。

火警声响过后，黑夜恢复了平静。

听到火警声手发抖、心颤抖的习惯，在很长一段时间内，聂森都改不了。

# 一句话，一生情

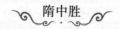

隋中胜

她和男人在集市上碰面了。她竟一眼认出了他。男人一愣，也反应过来。岁月已将两人的"芳华"剥蚀殆尽，沟壑爬上了脸庞。欣喜的目光和发自心底的微笑却是暖人的。

"赶集哟！"

"赶集。你也是呢！"

能说啥呢，也就是"吃饱穿暖干吗来"吧。那个年代过来的人啊！然而她的脸居然红了好一阵子。

男女间的感情有时很微妙。女人能让男人的心变得柔软，男人能把心仪他的女人融化——无关乎年龄。

她的名字叫梅。没有几个人知道。到老了更没人知道。但我们不忍心叫她某老太，谁没有年轻的时候？年轻的时候梅是那么美，所以干脆称呼——"她"。

男人在台子上讲话。三十五六岁的年纪，眉清目秀，身材挺拔，左手掐腰，右手挥舞着，神采飞扬。

她看直了眼，心底里刻下了男人的样子。

村子里成立了高级社，办食堂。她人品正，干净利落，做得一手好饭食，被推荐进了食堂。白案,做面食。男人来食堂吃饭,偶尔看她两眼,很温暖的样子。男人是社长,台上能讲,台下不碎嘴。只有一次,男人停住脚步,瞅瞅她的双手,貌似自言自语:"天底下有这么白净的巧手哩!"一瞬间她脸红心跳。男人离开,她看看自己的双手,猛地捂在发烫的脸颊上。

那一夜,她迟迟不能入眠。

想想这半生的日子,真是凄苦。20 岁嫁到婆家来,兵荒马乱的年月,男人被日寇捉去,做杂役,受尽折磨。人放回来时,已经不行了,那时她已经怀有身孕。孩子生下来,是个男娃。

"闺女啊,趁年轻,咱想法子吧!"娘家娘劝她。

"有孩子就有希望,娘啊,我能过下去!"

她故意说得轻巧,当娘的却是满眼泪。

婆婆当然不希望她走,但同是女人,怎会不知女人的苦? 20 岁就守寡,啥时候是个头啊!

夜深人静时,婆婆长叹一声,松了口:"你对得起老张家了,娘不拦你,留下娃就中……"

"娘呀,你撵我到哪里去啊!"昏暗的灯光下,她泪眼婆娑。

婆婆慌了神,不忍看,不忍说。

那就过吧,咬紧牙关过下去。

没有人不佩服她,凭着吃苦耐劳、勤俭持家,小日子挺红火;没有人不尊重她,因了她的大度大气,善良仁慈。好人品自然有好人缘。没有污泥浊水,咋有苍蝇蚊子呢!

村子有两条大街,前街,后街。后街上住着她堂妹,姊妹俩时常唠唠知心话。堂妹看出了姐姐的心思。

"姐,人家有老婆,孩子一大堆呢!"

"姐啥时候刨过别人碗里的饭啊?"

"倒是呢,没人说一个不字。"

"人堆里少见的人儿,姐就是放心里想一想……瞅两眼,日子该咋过还咋过不是?"

堂妹似乎懂了她。

几年后,形势变了。男人没有了发言权,"靠边儿站"了。她呢,五六个孙儿,一一看大了,个个听话乖巧,令人满足。她是多么喜欢孩子啊!

一晃十余年过去了。后街的高音喇叭里,当那个男人的声音再次响起来时,她的心激动得颤抖——他还好着呢!

今天的偶遇提醒了她。她莫名地兴奋——村子重新起了集,逢二排七,她可以集上见"人"啊!本以为自己的心湖早已尘封,现在却忽然涟漪阵阵。她埋下头,羞红了脸。你相信吗? 80岁的婆婆了呀!

每一集,她都去。倒不是为了买什么东西,人老了,吃不动了,早就不爱穿了。就为了走一走,瞅一瞅。集街路口北边有一家小超市。她拿个马扎,倚靠在房檐下的暖阳里,跟几个老人唠嗑儿。半天一句,有一搭,没一搭。当那个身板依旧笔挺的老头儿出现在视野里时,她站直身子,眯起眼睛,远远地望,细细地瞧……

堂妹瞅着姐姐的神态,皱纹缝里漾起笑,接着摇摇头:"姐啊,看一眼,顶吃? 顶喝?"

"妹啊,不顶吃不顶喝,图个心里踏实。"

一集不见,心里嘀咕;两集不见,心慌了一半。

那一天,堂妹挪着小脚来告诉她:"姐啊,人走了!"

她没有答话,两行清泪流了下来。

男人的葬礼很风光——他理应得到这样的哀荣。

她拄着拐棍,走上前,奉上纸钱,双手合十,喃喃低语。说的啥,无人知。

在震天的唢呐声中,她回忆起了60年前那个早上。穿着新衣,乘着花轿,她做了新嫁娘。那一刻,唢呐声也是这样响着的……

# 偏心眼

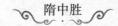

隋中胜

莲叶慌极了,心怦怦直跳。

晨到她家居然是来相亲的,对象是大她两岁的姐姐莲花。

要说这姐妹俩啊,那可是真正的河埠头两朵花——人称"并蒂莲"!

两人啊,一样的鹅蛋脸儿,一样的窈窕身材,一样的水汪汪的大眼睛,一样心灵手巧——随她娘! 也有不同:莲花脸庞白里透红,光彩照人,性格泼一点儿;莲叶脸蛋黑一些,但越审越耐看,性子柔。

做媒的是村里会计,人称二喜叔。要说这晨呢,真不赖,识文解字又出劲儿,是个热心人。莲叶偏偏讨厌他,讨厌他的殷勤,讨厌他见了她笑眯眯喜滋滋的样子。二喜叔把晨引到东厢房,清清喉咙:"我也不介绍咧,新社会新做法,你们俩自己聊聊吧!"回身掩上门,退出来。

东厢房是莲花和莲叶的闺房。墙上有两本挂历,一本是俊男靓女,时尚的影视明星;另一本是风景画,祖国各地山川风物。有两个简易衣架,挂着姑娘换洗的衣服。衣服用薰衣草肥皂洗过,屋子里弥漫着特有的馨香。

北屋里,二喜叔和娘闲聊着,有一搭,没一搭。

好几次,莲叶想起身去厢房门口听听动静,就是迈不动步。起来,坐下;坐下,起来。她不知道自己想干什么,六神无主的样子!

莲叶是认识晨的。她在镇中代课,晨在镇上的邮局工作。晨上班的第一天就遇到了莲叶。难忘那一天,邮局院里的一棵石榴树下,两人目光相对的刹那,彼此像是触了电。很快他们闪开了目光,一个讪笑,一个羞红了脸。以后,莲叶经常去那儿寄信,一来二往地两人相熟了。

莲叶踱到院子门口,一阵凉风吹过来,舒爽宜人。莲叶呢,心焦,感觉不到丝毫惬意,脑畔浮起一桩事儿。

那晚,二喜叔来过她家,偷偷地跟娘说话。莲叶听得云里雾里。

"他没回?"

"没回,厂里忙。捎话来,订婚我管,结婚他管。"

"送上门的好事啊!我战友的儿子分配到咱镇上来了,正式工,一表人才,打着灯笼也难找……"

"瞧你那猴急的样儿,成你儿子咧?"

"嗨,算你说着了。我战友有话儿,随我处置哩!"

"喊——"

"看哪个?小的吧!"

"不行,大的!"

"小的吧!"

"哪有瞒着锅台上炕的道理?挨阶来吧,看大的!"

娘的话斩钉截铁。二喜叔不再吱声。

好在,晨并没有待多久。走的时候,莲花没有出门送他。

莲叶在院门外堵着他。晨看到她的时候,吃了一惊:"你,怎么……"

"那个,我姐……"莲叶朝里努努嘴巴。

"啊?"晨瞪大了眼睛。

此时有脚步声从院里传来,莲叶转身走开。二喜叔看见莲叶的背影,哑着嗓子喊:"莲叶——"莲叶没有回头,消失在月光下的黑影里。

明月高悬。姐儿俩睡不着,聊起了"这桩事儿"。

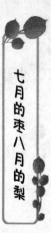

"满意不？"

"人还不错，可惜家里负担重……"

"咋了？"

"他娘半身不遂，离不了人。有个弟弟，未成年……"

"负担重才需要人去分担嘛，婚姻是两个人的责任哩。"

"呵呵，教训起姐来了……看他好，你去找他吧！"

"姐，你！"且相信姐姐的话没有恶意吧，但这话实在突兀，一下子让莲叶无言以对。片刻之后，莲叶说道："去就去！"掷地有声，这是下了决心咧！

第二天一大早，薄雾初歇，朝霞满天。依旧是在那棵石榴树下，骨碌了一夜的莲叶找到晨。

"你不喜欢我姐？"

"嗯。"

"为啥？"

"话痨，问个不住……嫌贫爱富，小心眼儿。"

"那，你喜欢我吗？"

晨抬起眼，直看着幽怨娇羞的莲叶，重重地点点头："嗯！"

莲叶低下了头，别过身子，满脸的红霞……

荷花开过谢过，荷叶在秋风中枯残，莲藕丰收了。晨和莲叶的爱情也到了成熟的季节。周末，晨带着莲叶回家见父母。迈进家门，一对中年男女迎出来。莲叶打量着，呆住了：五十岁上下，体健貌端，一脸笑容，满面红光……

瞅个空当，莲叶拽过晨，眼睛逼视着："咋回事，你撒谎了？"

"嗯。二喜叔……教我那样说的。"

"你呀——"莲叶捶一把晨的腰眼，顺势趴在他的肩头，不知说啥好。

# 守墓人夜半惊醒

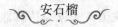
安石榴

守墓人夜半醒来——他是被哭声惊醒的。虽说是惊醒的,也并非表明他被吓到了。守墓人马上就八十岁了,还能怕个啥?离群索居,独身守墓三十余年,早已由外而内一身沉郁气色,倘不使别人怕他,已经千恩万谢了。

守墓人睁开双眼。虽处盛夏,山中夜半依然凉沁沁的,也恰满月,小小的一间门房,窗子大,月光就大大方方地将高壮的樟子松枝条影印在床上和墙上。守墓人的头隐在墙角的黑暗中,起初以为自己刚刚从梦境返回,纳闷,心想,无梦好多年了呀,可是那女人的哭声真真切切……到底是谁?怎么哭得那么惨?他呆了一下,静静心神,这时候哭声再次响起,守墓人一惊,夜深人静,稍稍有点动静,那来路都清清楚楚,不带丁点误差。他马上判断出这哭声不虚也不飘,实实在在地来自墓地——深夜的墓地。

这三十余年,守墓人还是第一次遇到。

那哭声用一个字形容:悲。

守墓人什么样的哭没见识过?这之前他还真敢这么说。真哭的,假号的,他样样门儿清。可是,半夜墓地的哭声他还是第一次领教。怕不怕?还是那句话——不怕。哪有什么野鬼孤魂狐狸精黄皮子,没有那些玩意儿!一个人一旦变成骨灰,就妥妥地安生了。

守墓人起床,披衣,轻轻开门。他瞥一眼大门,并没有异样,他就知道,女人必定不是从门而入,那只有从围墙跳入了。三十几年的职业生涯,守墓人对这座远离城市的公墓,熟悉得如同自己的手。这座公墓从山脚建起,一直扩展到半山上去。外面看是一座白墙黑瓦,气势宏大又肃穆的大院套。围墙砌成大波浪状,守墓人在日常的巡视中,早就发现"大波浪"的低谷处,有那么一两处恰好遇上一个小丘,这就显然降低了围墙的高度,甚至在守墓人仔细的打量中,仿佛贴着围墙放了一张敦实可靠的凳子一样。他脑子一闪,也曾经想过,如果有人想跳墙,这里最合适方便了,只消一步迈到黑瓦上,然后鼓起勇气跳下去,毕竟院内的一侧还有一人多高的距离才接地面呢。不过,守墓人也想,谁没事儿跳墙呢?里面是墓地,可不是什么好地方。

守墓人静悄悄往碑林而去,他必须去,他对整个墓地负有责任。但他并不想惊扰那个女人,他只想看看女人目前的环境,是不是安全。

女人的哭声紧一阵慢一阵,守墓人懂。那听起来紧凑细密的哭声倒是表明她保有一口完整的气息,至少还畅通,而暗哑之处,丝丝缕缕,将断未断

的饮泣，才是大悲恸，说明那悲已经堵塞了气流，痛和苦凝滞、冲动又抵触，直等到那猛地涌上心头的悲恸渐渐消退下去，哭声才能重新响亮起来。然后一切再重新来过。这个女人就是这样，哭啊哭，哭啊哭。

守墓人远远站定。月光下的墓地其实是美的，守墓人总会在有月光的晚上延长巡视墓地的时间，只为着在墓地里多走一走。守墓人觉得，一个个墓碑虽说都是冰凉的石头做的，可在有月光的夜晚，这些墓碑就和山上的石头不是一回事了，它们不再是死石头，而是一个个故事，缓缓倾诉着，尤其是，墓地四周黑黢黢的樟子松林，衬着。月光清幽地抚慰着那无声的倾诉，守墓人是乐意倾听的，而且也总是在这一刻想起妈妈。但此刻，守墓人什么也没想，他远远地站定，并不能更清楚地确定女人的具体行动，他连女人的影子也没看到，他想那伤心人一定是伏在地上了。他能确定的就是女人并没有点香或者烧纸。守墓人侧耳细听，似乎有什么相助，一缕带着月光的清风拂过："你……我一点儿办法也没有了……我……你告诉我啊……"这低语消失之后，哭声再起。

守墓人心一动，定定地站了一刻才慢慢转身，像来时那样静悄悄地往回走。回去的路是一个逐渐向下的缓坡，他小心地控制着步伐，不让脚步发出响声。一边想，这女人是怎么来的呢？夜半，公交车早就停了，而这一段十几公里的乡村公路，别说汽车罕见，就是村庄也都是稀稀落落的，又全都被森林遮蔽，在深夜里一概变成死物了。她不怕？哪有女人不怕的？想到这一层，守墓人心里回响起一声长长的叹息：这女人得遇到多大的难处呢？什么都不怕了，什么都不顾了！

守墓人走到墓园大门，隔着铁门上的栅栏，他看了看停车场，停车场空无一物，只有月光微微颤动。守墓人轻手轻脚将角门的铁锁打开，把门开到最大，用铁钩挂牢。这才回到自己的小屋，他没有忘记把门房雨搭下面的小灯点亮。守墓人知道那伤心人只要站起来，打算回家，就会发现大门口的光亮。做好了这一切，守墓人慢慢爬到床上去，躺下。

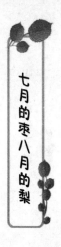

# 雪夜人不归

安石榴

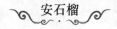

　　林场调度外号"张大炮"。张大炮每天傍晚下班回家一路上鸡飞狗跳，阵仗很大。他倒是不动手，就动动嘴。两片又紫又厚的嘴唇，上下一碰，"咣咣咣"就成了火力点。

　　这一天，他从场部出来，刚转上运材路，就见十三岁的玉芝和十二岁的玉芬、十一岁的成林，仨孩子一架地排车，车上码着满满一车烧火柴。老大玉芝在前驾车，像只健壮的小马那样，低低地垂着头、蹬着腿使劲。玉芬、成林在车体两侧，扶着车沿儿帮着推。人小车大，又重，三个小孩子就像匍匐在地的可怜的小动物。张大炮就炸了，开嗓大骂："这老山东子简直没人性，一点儿人性都没有哇！这么点儿的孩子，这是使唤牲口呢！"

　　他也不帮着推，他跟着。跟在车后，一路走一路骂到玉芝家。玉芝爸妈愣愣地站在院子里看张大炮尾随着车子而来，两人只是看，一句话也递不上来。张大炮吼道："这么点儿的小姑娘，让她干这么重的活儿，长成一个大屁股小短腿，你们就称心了？"又追上一句："是不是？"玉芝妈嘟嘟囔囔回嘴，浓郁的山东腔刚一出来，张大炮嗷的一声叫起来："住嘴！别巴巴，你不说普通话就别巴巴！"好像他说的话就标准似的。要是现在，网友就得指责他是"地图炮"了，其实不是那么回事。要说的是，山东那个地方自古以来传统厚重，

到东北生活的一些山东人，爱讲究个长幼尊卑等等宗法条条的，日常生活很严谨，也很刻苦，一度让大咧咧的东北人不太理解。张大炮说："你看看你都胖成啥样儿了？你个大老娘儿们在家养肥膘，使唤小孩子却毫不怜惜，我就问，你咋不上山呢？"这顿吵吵，把几只老母鸡吓得够呛，咯咯嗒嗒叫得停不下来。

张大炮从玉芝家出来没有重回运材路，他顺着玉芝家的障子（木栅栏）走小路去了，悄没声儿地趴在修理车间工人王景福家的障子上看。王家一家人都在忙，只见清扫出来的院子地上，城墙一般的柴火垛上，仓房上，屋顶上，窗台上，盖帘上，不用的门板上，甚至倒扣着的水桶底上，全是一家人齐心协力从山上采来的蘑菇哇、核桃啊、五味子呀……张大炮专心地看了一会儿，对准王景福，开炮了。他说："你们老王家怎么回事？你们一辈子是不是只有一件事，干活、干活、干活！"然后，张大炮眼圈红了，他一低头，一哈腰走人了。半路上他斜刬了一眼密不透风的层层山峦，那一滴眼泪终是从眼眶里迸出来，只不过谁也没有看见。

张大炮回到家直接就跳炕上去了，老婆看他一眼，赶紧溜边儿躲出去。她知道他必是要听他的宝贝录音机的，而她就烦他没时没晌地听那种"靡靡之音"。她心里想，青天白日地盘腿坐炕上听那玩意儿，好吧，老老实实地听你的呗，我忍，那你干吗右手做成个耙子样，在卷曲的腿上不停地"挠"，挠着挠着就把自己弄得泪流满面了，一个大老爷们儿这是个什么德行呢？

张大炮有一台三洋双卡收录机，他说是自己攒钱买的，但有传言说是调木材的南方人送他的。包括那满满一小柜子原声盒带。收录机他是任何人都不借的，哪怕天王老子。起初盒带都不借。后来二十世纪六十年代出生的一批小青年开始结婚成家了，差不多的都买个国产的录音机，当中就有林场主任的儿子，他来找张大炮借盒带，张大炮想了想，不借是不妥了，而且只借给主任儿子不借给别人，那更不是人干的事儿。张大炮灵机一动，他买了些空白带，用他的双卡录音机把他所有的盒带都复制了一份。原声带给自己听,复制的带谁借都可以。

　　张大炮就爱听个音乐,所以天天听。这个因果关系看起来铁定成立,反推都成:张大炮天天听音乐,所以他是个爱音乐的人。这样说怎么会不成立? 可有些事,因果却完全不搭界。说起来像是挺怪的,可是谁又能活成一个神仙呢? 张大炮经常喝酒,但他并不爱酒。他死烦酒,却不能不常喝。冬运的时候,他很忙,喝酒的次数也就越多。他其实挺郁闷的,却一点儿办法也没有,他有难言之隐。一个冬日的晚上,正下着鹅毛大雪,木材商人请他在山下的小镇大喝了一场,商人留宿在小镇上了,本来也要留下张大炮,可是他不肯,摇摇晃晃坐上了一辆空载的运材车回林场。到了场部,张大炮下车,司机开车继续奔楞场去了,两个人就此分手。

　　第二天早上,人们发现了张大炮。河边有一片废弃的苗圃,多少年了,这一块空地什么都不剩了,只有平展展的苗床子还依稀可辨。张大炮就盘腿大坐在白雪皑皑的苗床上,像坐在自己家炕上似的。他右手虚空地放在卷曲的腿上,样子就像是舞台上指挥家没有握指挥棒的那只手。张大炮已经僵硬了,两行结冰的泪挂在苍白的脸上,可眉眼和嘴角却是舒心的笑模样。人们就奇怪了,这是哭呢还是笑呢?

　　张大炮的老婆自然是知道答案的,可是,她这时候正忙着号啕大哭,除此之外,她是什么也顾不上了。

# 一　窥

安石榴

邻居郭教授夫妇在我们这个社区里是一对很有名气的老人。因为我打定主意要把这篇文章写成小小说，所以，他们的名声来自何处我不赘述。但是，需要微微地提个醒儿。因为郭教授夫妇很有名气，他们的生活就总是受到社区居民的普遍关注，连郭教授夫妇养的一只血统可疑的杂种京巴豆豆，其实纯粹是解闷的，可是社区给予的关注也并不亚于另几只富贵冲天的犬种。

这是一个令人费解的事实，我并不想深究，如果你听听我女儿的话，你就知道我表述的是怎样的事实了。

我女儿那时两岁，刚刚开始以自我为中心的人生，我领她在小区的花园中散步，碰见郭教授夫妇带着豆豆与我做同样的事情，互相打招呼的方式是我夸他们的豆豆漂亮，他们夸我的女儿漂亮，双方真诚而投入。女儿突然在矮矮的地方发出洪亮的质疑："它比我漂亮吗？"

我和郭教授夫妇都愣了一下，随即大笑，出于对幼小生命的怜惜，我们不想做出比较。但同样被我娇纵的女儿不依不饶，一定要我给出明确的答案。在这个问题上如果我耍滑头，那就太虚伪了，我肯定地告诉女儿："当然是宝宝漂亮了，谁也没有宝宝漂亮嘛！"

可是，毫无疑问，社区的广大居民，认识我的宝宝并会打招呼称赞的微乎其微，而豆豆一露面，夸赞声此起彼伏，像热油烹豆子，爆响不断。我便抱着女儿去别处玩，女儿的小嘴不甘，反复问我："它比我漂亮吗？"我笑得止不住，也不管她能不能听懂，说："你跟一个小动物较什么劲呢。"

郭教授的子女都不在身边，有个大事小情什么的，他们乐意打电话找邻居帮忙。一天深夜，家里的座机十万火急地响起来，我一把抓过来，郭夫人的哭声实在可怖，说是如丧考妣都不为过，我心一沉："郭教授怎么了？"

"不……是，不是……呜呜……，是，豆豆，不行了……"

我迅速叫醒当主治医师的丈夫，让他去郭教授家看看。直到天亮他才回来，说豆豆得了急性肺炎，他帮助老两口把豆豆送宠物医院了。

当时女儿还在沉睡，即使她睡得天不知地不知的，活泼的蒸蒸日上的生命气象却像一切其他青春勃发的事物一样，让人欢喜。然而豆豆的确江河

日下般的又老又弱，这虽然是人人尽知的自然规律，可是切入某一处具体的命运当中，悲情的隐喻仍然令人百转千回。我和郭教授夫妇、女儿和豆豆第一次在这个社区相遇还是十八年前，女儿八个月，很友好地抚摸同是八个月的豆豆。而如今，女儿即将成为北京一所知名大学的学生了……

这一次是在走廊里碰见郭教授夫妇，女儿青春洋溢地跟在我的身边，郭教授夫妇站住脚，目光上下打量着她，两个人疲倦憔悴的脸上立刻现出热烈的喜爱情绪。郭教授很开心地问："小丫头，录取通知书来了吧？"夫人抱着豆豆却突然垂下眼帘，缩短了身子。我看豆豆有些萎靡，目光呆滞，垂头丧气地偎在夫人的怀里，就问："豆豆的情况怎么样？"夫人忧伤地回道："一点精神也没有。"这时候我听到郭教授爽朗地笑起来："好啊，好啊，真是个有出息的好孩子……"

一个月后，我送女儿上大学，从北京回来，家成空巢，顿感人生寂寥，早起去散心，在廊间又遇上郭教授夫妇，两个人满手提着好吃的东西。我下楼，他们上楼，为了避让，郭教授夫妇错落开来，一前一后。我和他们打招呼，夫人紧张得没法驻足的样子，匆匆上去了，郭教授却停下来，满面红光地向我微笑，意会一种一吐为快的分享愿望。我只好善解人意地多问候了一句："豆豆呢？"

郭教授抖了抖肩膀，一身轻松的样子，只是放低了声音，说："不管怎么说，总算是把它好好养死了。"

# 老 慢

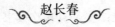
赵长春

老慢不胖。

在袁店河语境中,慢人多是胖子。不过,老慢不胖,还有点儿瘦。

可是,老慢咋就那么慢呢,干啥事儿都慢。慢慢地,人们把他的名字也忘了,就叫他老慢。

麦收,秋收,焦麦炸豆,人们都急慌慌的,不惜力。老慢也一样。只是,吆牛拉车时,老慢就表现出了慢悠悠的感觉。麦子装车,一捆又一捆,岗尖儿,绳子煞紧,套上牛,出地。明晃晃的老日头下,人渴牛饥。人们就挥舞鞭子,吆牛,急着回赶,甚至发泄了无名的燥火。

老慢却不,挂襻绳于肩,出力拉车,和牛一样用劲儿。有人说:"把着方向就行了,牛力足够。"老慢不理他,只管伸着脖子向前。那人上前来,替他打牛一响鞭。老慢就有些急,瞪了眼:"你急啥?"那人反问:"你急个啥?牲口就是干活儿的,恁热的天,赶紧回去好凉快。"老慢就干脆停下了架子车,也来个反问:"你热,牛不热?你知道累,牛不知道累?"

就这样,别人一上午拉三趟麦子,他拉两趟。最后一趟,人家都歇工了,他才拉着架子车走进麦场。记工员说:"你得少记两分。"老慢说:"没有啥。"再看那牛,气息平和,不若场边树下别的牛,脖子伸着,背上鞭痕斑斑,口沫

汪汪。接着,分田到户,牛也分了,抓阄进行。那头牛本没有分到老慢家,可就是跟着老慢,撵也不走,气得分到那头牛的王老七只好牵走了本是分给老慢家的另一头牛。

老慢读过几年私塾,《大学》《中庸》《论语》《孟子》,都能讲说一番。这几年的私塾底子,让他养成了读书的好习惯。他讲过一段古人冬夜读书时的美好:矮窗小户寒不到,一炉香火四围书。老慢说:"真不冷吗?是这个穷秀才乐观,以书为墙,以炉御寒,以读入定罢了。"

不过,喜欢读书的老慢说:"要是真喜欢读书,真能忘记饥冷。"

喜欢读书,老慢对眼睛就特别爱护。在他的感觉中,眼睛是最重要的。他说:"一睁眼,花花世界,草木争荣,多好。要是眼睛坏了,啥也不能看,那就太难受了。"

对于护眼,老慢有自己的招数:闭目养静。岁数大了,门生故旧、小辈晚生多来看望,尤其是年节时候。这个时候,老慢就倚桌,坐中堂。桌为八仙桌,四腿攒花,内收,泛着幽光。椅是高背,太师椅。全村也就这么一套了,当年,没有人敢来动这些老古董,现在成了好物件。——老慢就这么坐着,一根拐杖支着下巴,恰到好处。听这,听那。闭目。说上一两句话时,才微睁一下眼睛。

他说:"如此,还可以养心。"

新时代了,老慢的思考还停留在他的那个时代。看到手机,老慢有些意见。他说:"这东西成了人眼、人耳、人心,终日喧闹,要把人毁了,把家也会毁了;吃个饭,也叫送过来,真是四体不勤,五谷不分……"

岁月如流,如袁店河的水。就这样,慢慢地,老慢也老了,更慢了,无论言语、行事,只是依然有板有眼。

譬如,隔三岔五老慢会到袁店镇上的李家包子铺,要上两个烤包子、一壶老茶,慢慢悠悠地品赏,看着远处的老街,浸染在过往的日子里。他吃包子是在捧着一点点地嘬,很小心、珍惜,怕掉下一粒馅儿。傍黑,会有家人来接,他才走。走时,李家的小媳妇会过来说:"爷,再带上两个包子吧,晚上吃?"

"足够了。"

"这咋能吃饱?"

"非得吃饱?"老慢要出门走时,回了一句话,"不吃饱才好,吃好就好……"

譬如来往袁店河。与以往相比,老慢走得更慢。近90岁的人了,慢慢悠悠地走着。大重孙子跟着,有所照应。走着走着,大重孙子从手机上抬起眼睛:"老爷,你走这么慢干啥?你明明能走快点儿……"

老慢就干脆站住了,看了大重孙子一会儿,慢慢地一笑:"嘿嘿,老爷我得慢点儿,不像你们年轻人,我不能有闪失,跌倒了就是大问题,就给你们添乱了……"也是,邻村一老人,不过七十几,孩子们一催,走快了几步,摔倒了,干脆"走"了。

老慢说:"我就这样晃着,能天天来看一趟袁店河,活动着,就好。"

就这样,老慢晃悠着。前面,袁店河畔,杨柳垂岸,花草鲜明……

# 汉山寺的井

### 赵长春

"烟酒不分家"这句话在温子骞这里是行不通的。

温子骞不抽烟,喝酒。酒限量,适可而止。用他的话来说,想喝时不需劝,不想喝时劝也没用;不过,茶水可以多添。

温子骞是酒水不分家。一杯小酒,吱——,再喝水一大口。他说:"酒水,酒水,酒要配水。"后来,人们明白,如此饮酒,算是他的一个养生之道。毕竟,水,稀释了酒,少伤身体。

对于水,温子骞有着一种虔诚的敬。他说:"水是万物之源:血水、汤水、口水、汁水、水灵灵、水气、水汽、水华。"他说出的每个词,都有讲究。

譬如"水华",就是早晨起来,从井中打出来的第一桶水。桶缓缓入水,盛起水面之下的水,不能太深,也不能太浅。这样的水用来泡茶,出味,香,甜,滑。温子骞这样说,也这样做。他是村里第一个起床的人,就为着这水华。冬日,下大雪的话,他会挑完水后,扫雪,把井台周围扫得干干净净。

也是为着水华,在他的坚持下,村口老井被保留下来,就为着他能泡茶。这口唯一被保留下来的井,后来成了一景,成为出外的人们合影留念的地方,说是能记住老家,想起乡愁。

这口井,是温子骞找出来的。温家世代找井,传承了不少诀窍:山接头,

下泉流；山摞山，水里边；山夹沟，岩水流；凸对凹，中间好。句句都有讲究。按照诀窍去找，也不是都能找准。温子骞说，还得闻出水气——水的气味；隔着土层、崖壁，几十米上百米厚，得能"看"出来水脉、走势。望着高山，看着地下，他脚一跺："就这里！"

汉山寺的那口井也是如此找出来的。寺内无酒，温子骞自带，就着白菜烩豆腐，就着竹叶子茶，吃了，喝了，围着寺院找，亦步亦趋。闭目，嗅闻，谛听，有些时间他跪趴在地，好像与谁对话，念念有词。汉山寺的住持对于能在寺院找出水来，已经不抱幻想。此前，历代住持都没有办成。温子骞说："咱再试一试。"山高水也高，山下就是袁店河，应该有泉眼，有水线。果然，他在昏黄的月光下，突然身子一定："就这里！"跺了一脚。

人们围上来看，比较十几年前的打井位置，无非几米远。温子骞说："老井打在岩脉上了，想省事的话，沿着老井底往左，打四米，再下挖五米，保准出水，好水！那泉眼就在这里！"

温子骞又跺跺脚，很有力，望着月亮，喝了一口酒，吱——，又咕嘟一口竹叶子茶。老住持点头，让小和尚压下一块石头，陪他进了寮房。夜半，小和尚出来，挪了石头好几米，在原位置插了一根柏枝。柏枝随手从树上折

下,很新鲜。

小和尚如此,在于心里的一个纠结:老井的位置是他爹当年找的,费工费时,遇到了岩底,没有出水。从此,他爹不再找井。正在公社读书的他,断了书费,就出家当了和尚……

不过,第二天,刚过午,县打井队就要定位下钻,温子骞叫停了,左看右看,踱到柏枝前:"这里!"

不远处,小和尚一脸煞白……

温子骞病了。我去医院看他,他刚输液完毕。小护士擦拭完针眼,温子骞又要了一个酒精棉球。小护士一笑,他一笑。

小护士出了病房门,温子骞舔一舔酒精棉球,轻轻地,咂巴一下嘴唇。我带来的酒,他不喝。他说:"现在没有啥好酒,都是勾兑的;不如这,解瘾。"说着,又喝了一大口水,看向窗外。

窗外,一片小广场,一群男女跳秧歌。温子骞的目光流露出羡慕、渴望。他问我:"知道啥叫秧歌不?"

我一愣:"不就是唱唱、跳跳? 东北、陕北的最出名。"

温子骞摇摇头。他说:"秧歌,原为阳歌,'言时较阳,春歌以乐'。"接着,他问我:"知道为啥阳春时节要唱要跳不?"

我摇摇头:"不知道。"

温子骞不再说话,继续看着窗外。

一阵沉寂后,温子骞告诉我,当年,小和尚的爹找到的井的位置,就是后来他找的位置。不过,也是当天晚上,他给动了手脚。温子骞说:"这是我一辈子翻不过去的一个坎儿。"

温子骞说着,泪水慢慢地流了出来,满脸的湿润。

温子骞给我一本他手写的书:《袁店河素食宴》。一百零八道菜。每道菜,他一笔笔画出图,简洁,精致,很诱人。他托我给汉山寺现任住持送去。

住持接了书,双手举起,住持也一脸的泪。

# 张老姑

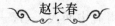
赵长春

天热了。青蛙咕咕呱呱叫。狗吐舌头。西瓜就"上来"了,可以吃西瓜了。

"上来",是说某种瓜果依着时令成熟,很有动感,仿佛舞台上的登场、亮相。西瓜说上来就上来了,黑皮、青皮、条纹、花纹,大的、小的。西瓜刀长长的,窄刃,锋利,碰着西瓜,嘣,就裂了口子。看吧,皮薄,瓤沙,汁水溢,能引来蜜蜂。这样的瓜最好吃。

张老姑年年就卖这样的瓜,在村口。

村口老槐树下,一面小方桌,几把小椅子,几只暖瓶,两摞茶碗,几个西瓜,半盆清水。人路过,树荫处坐下,歇歇腿脚,二分钱一碗白开水,咕咕喝下,说两句客套话,走人。有的人,要吃西瓜。至多半个,切成月牙,好几牙,一牙一牙地吃,很仔细。瓜子吐出来,吐在面前的脸盆里。一天下来,有不少的瓜子,张老姑就淘洗干净,炒了,装在一个玻璃方瓶里,卖。她很会炒瓜子,火候、调料拿捏得好,炒出的瓜子非常好吃。有的路人,就掏五分钱,一碗开水、一碟瓜子,咸咸的,鲜鲜的,算是一道旅途的美味。

还有西瓜皮,张老姑也收起来。捡出几片,洗净,切片,醋熘、爆炒、糖渍,都是一道好小菜,配粥,玉米粥,张老姑喝得津津有味。她吃什么都香

甜,看她吃饭,同样的饭菜,总叫人觉得她碗里的香,想换过来。她说:"饿过,吃啥都香。"其余的西瓜皮,她喂鸡,喂鸭,喂羊。鸡鸭攮蛋,羊到过年时宰了,吃一半,卖一半。鸡粪、鸭粪、羊粪,好肥料,上到菜地里。菜地不大不小,出的菜吃不完,也摆在小方桌上,包括鸡蛋鸭蛋。想要的话,菜随便给钱,五分、一角,都中;鸡蛋八分一个,鸭蛋一角一个。不搞价。

都说张老姑奸巧。奸巧,在袁店河是个很不好听的词,形容一个人吝啬、守财。她有两个儿子,各过各的。她说:"我能动能干,不烦他们,也不叫他们烦我。"儿子来借钱,也得有中间人,一张一张,数点好,说好还钱的时日。到期不还,她一遍遍地去要钱,惹得儿子们没有面子,躲着她走,绕村后的小道。人们说:"你将来老了咋办? 不还是靠儿孙?"她头一扬,摇着大蒲扇:"我爬挪不动了,就上山去,等死……"她说的是一个传说,以前人老了,不行了,儿孙就管好一顿饭,穿好衣服,送到丰山的洞里,等死……张老姑一个人吃住,就在村口,搭一间小房子。房前临路,左右两棵大槐树。

不过,张老姑对孙儿们好,对儿媳们好。两个儿媳对她孝顺,帮她洗衣,打扫她村口的小店面。人们说,张老姑不给儿子钱,给儿媳,还有孙儿们,特别是她的大孙女。大孙女学习好,一张奖状就奖励两块钱。张老姑说:"好好上学,奶将来跟你到城里享福。"

张老姑收过五元假钱,心疼得两天没有吃饭。过去后,就该干啥还干啥。假钱不花,嵌在玻璃板下面。有人掏同样面值的,她比对一下。小儿子想用二元真的换走那张假的,她不给。她说:"不能再叫人家也两天不吃饭。"

冬天来了,她卖炒花生、瓜子。屋前一个烂铁锅,架着干树墩儿。谁来谁烤火,一边等着车。车是客车,烧柴油,轰轰叫。车来,人们就急急地上车。有的人急,瓜果钱没有来得及付,等下次来补上。她也不计较。

一天,晌午头,有个人称了几斤瓜子、花生,车来,掂起就走,走得很急。老姑一回身,车走了。老姑觉得是个生人。一低头,见那人刚才坐过的椅子

把上，有个布兜，就拿了过来，放在自己坐的藤椅窝里。棉袄一遮，谁也看不见了。天擦黑，最后一趟车，下来那人，找布兜。老姑瞄一眼，是那人，问了颜色，对上了。老姑说："那你把两块三的账钱先给了吧。"那人赧颜……人们说，多亏是老姑捡到了。多年了，她捡到不少东西，从不看内容；来找，只管拿去。

老姑是本村张姓人家的女儿，嫁给了本村人。习惯上，人们叫她老姑。男人去世得早，走前，还说了个秘密：外村有个孩子也是他的，叫老姑多照顾。那孩子，没少吃老姑的西瓜。老姑去世，那孩子戴了重孝，磕了响头，一连九个，咚咚响！

这些都是多年前的事情了。现在，村口的老槐树没有了，老姑的小房子早没有了。小公路成了大公路，一辆车又一辆车，东来西往，呼，呼，呼，跑得很快，不知道急着去干什么。

# 明天升起的，不是今天的太阳

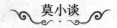

莫小谈

又挨过一个雪夜。

憨叔起床，拉开门，太阳在天上，旧洋车躺在院落的雪里，凉风一吹，又添上一层浮雪。

憨叔来到水桶旁洗漱，一看，还好，水没有结冰。他取出一瓢来，呼啦一声倒进脸盆里，洗脸。

如果被憨婶看到，一定会责怪他："净逞能，一把年纪了，也不怕激坏了身子。"

憨叔和憨婶相濡以沫一辈子，形影相伴，即便是到东墙根儿晒暖，也要出入成双。

那天，雪还没下，憨叔挨着憨婶坐："想娃不？"

"不想。"憨婶揣着袖筒。

"真不想？"

"真不想。不过——"憨婶又补了一句，"想孙子嘞！"

憨叔的儿孙住在城里，很少回来，他俩不喜欢闹腾，非要留在乡下享清净。

"看天，是要下雪喽，等家雀回巢，我给你捉几只，用家雀脑涂手，不皴。"

憨叔转了话头儿。

憨婶拦着不让捉，说："别造孽，谁都是一条命。"

那一日，风和日丽，阳光照在身上暖暖的，他们一起回忆了好多以往的事儿。

年轻时，憨叔的本事大，娶了憨婶这朵花。憨婶起先嫌他家穷，不乐意，说："我是不会踏进你家门的。"憨叔不死心，赶了小半年工，才换回一辆永久牌的"洋驴子"来，跟憨婶说："你不愿踏进俺家门，我驮你进门总行吧！"

憨婶竟无言以对，加上被憨叔的真诚打动，就过了门。婚后，二人相敬如宾，从未红过脸、置过气。

憨叔洗完脸，进屋烧饭。昨晚的玉米面糊糊没喝完，他倒进锅里，再添一碗水，又馏了两个馍："咱俩还一人一个，比赛，看谁先吃完。"

其实，家里有肉也有菜，但他不想吃，就没有热。饭后，憨叔到东墙根儿晒太阳，独自一个人。

"说走就走了，哪有半点儿舍不得？"憨叔嘟囔着嘴。

那天，老两口儿坐着晒太阳，憨婶突然问："还记得桂英不？"

"记得，东胡营的。"

"嗯，走喽，前天下午走的。听说，她闺女回娘家，在门口喊：'娘，娘，开门。'敲了半天也不开，撞门一看，桂英趴在床沿，走喽。"

"哦。"憨叔捧着茶缸喝水。

"还有留栓，也走喽。"

"谁？"憨叔有些惊讶。

"三队的留栓，晌午出去放牛，太阳落坡后，只有牛回来，家人就去找，结果发现他躺在河边草地上，身子骨都硬喽。"

憨叔没吱声，抬眼看着天："太阳落到一竿子喽，不晒喽，不暖和喽。"

"就是，落坡喽，回屋。"

晚饭，憨婶熬的红薯粥，又烙了三张饼，两人比着吃饭。晚上，二人上床

休息,一人睡一头儿。

将睡未睡时,憨婶突然问憨叔:"你说,为啥冬天的太阳,说落就落哩?"

"今天落,明天升。"憨叔说。

"那终究是明天的太阳。"

"都一样。"

"不一样。"憨婶说。

沉默一会儿,憨婶说:"你本事大,有能耐你别让太阳落。"

"好,赶明儿我把它支起来。"随即,憨叔问憨婶,"你怕死不?"

"怕。"

"嘻,恁大年纪了,还没活够?"

"没,孙子没结婚,他二舅还躺在床上,花奶奶的外布衫也没做完,我不能死。"

"瞎操心,睡吧。"憨叔说。

夜里,雪扑簌扑簌地下。憨叔被冻醒了,一摸憨婶的脚,凉的,就拉拉被子给她盖上;又睡一觉,再一摸,憨婶的脚还是凉的,又拉拉被子给她盖上。第三次,憨叔突然心里发慌,他叫了一声:"老婆子,冷吗?"憨婶没应声。憨叔又喊:"老婆子! 老婆子!"憨婶还没有应声。

憨叔赶紧拉开灯,下床,凑过去又叫几声:"老婆子! 老婆子!"

见憨婶不动弹,憨叔一屁股坐在床沿上:"太阳落坡了……"

今天是憨婶的头七,憨叔决定干一件有本事的事儿。

憨叔拿来一把铁锹,围着旧洋车铲雪,随后又取来扳手、钳子、钢锯条等,一堆的工具。

憨叔要拆下一个车轮,然后将它拦腰锯开,做成一个半圆。

这对憨叔来说,除了费点儿时间外,并不是一件难事儿。太阳偏西时,憨叔完成了任务。

他又搬来一个梯子,爬上西厢房的屋顶,将那半个轮圈开口向上,固定在上面。然后，憨叔回到东墙根，反复调整位置后，坐下。他死死地盯着西坠的太阳。

慢慢地，太阳下落；慢慢地，太阳落进那个敞开口的半圆；慢慢地，太阳的下沿触及轮圈的下沿。

憨叔闭上眼，在想：有轮圈支住，太阳该不会落坡了吧。

但憨叔有一个遗憾，他认为做工时，会有人走来和他对话："憨叔，你这是弄啥哩？"

"截半个轮圈。"

"截它干啥？"

"支太阳。"

"支它干啥？"

"怕落坡。"

"今天落，明天升，都一样。"

"不一样，不一样。"憨叔想，他会这样回答来人的问话。

# 眉间雪

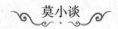
莫小谈

大雪纷飞，一地素白。

一条曲巷的尽头，是一座木屋，屋前一弯拱桥。

她立于桥上，手撑一顶梨花伞，凝视远方。而他，倚剑立于桥下，远远地张望着她。

"你是在等谁吗？"他好奇地问。

她好似还在沉思，没有回应。

"我能拜你为师吗？"他冲着她喊了一声。此刻，她才注意到他，并把目光落在他手中那把木剑之上。

"我谁也不等，终究谁也不会回来。"她缓过神来，开始回答他的问题。

"我能拜你为师吗？"他又问她。

她移开梨花伞，上下打量着他，随后浅浅一笑说："行完拜师礼，敬完拜师茶，再谈。"

他真的快步向前，扑通一声跪倒在雪地上："师父，请受徒儿一拜。"随即，他掬上一抔雪花当茶："师父，请您喝茶。"

她忙收起伞，一枚雪花飘落在她的眉宇之间。继而，她左手持伞，右手做搀扶状："我喝了你的茶，便是你的师父。起身！回屋！"此时，她眉间那朵雪花慢慢融化。一个方及碧玉年华，一个尚为垂髫少年。从此，他们约定要在这险恶的江湖之中，同去同归。

多年后，他与她共同栽种的一片桃树，已经成了一道风景。他时常在桃树下读书练剑，而她伴他之时则诵经酿茶。时常，他与她畅谈名扬天下的伟大抱负，她则托着下巴不言语，含笑看他神采飞扬的模样。

"赠你一把三尺剑。"她说到做到，"宝剑属于英雄，你佩上它可以行游天下。"

终于有一日，他畅快地舞了一通剑术，突然问她："师父，我可以下山了吗？"

那时，她正端坐在雪崖之上抚琴弹奏着乐府，一听这话，十指直愣愣地停在半空。

"江湖凶险，你可知前方会遇见何人？"她轻声发问。

"游侠方士，牧子渔翁。"他回答。

"那你可知，往前走又会面临何景？"她追问。

"戈壁雪川，江风海雾。"他一脸自信，好似已经做好了仗剑天涯的准备。

"梁帝讲经同泰寺，这般生活不好吗？"她又问。

他未言语。

"汉皇置酒未央宫，你果真舍不得这般虚无？"

他仍不言语。

雪夜，她双手捧一件素衣给他："我刚刚赶制的，你穿上它，就像师父伴在你身边。"

他接过素衣，只是点点头，依然默不作声。

"真的要走？"她轻轻走近他，弯腰为他腰间的三尺剑配上新的流苏。

他看着手中的素衣，望着她的双眸，轻声唤一句："师父。"

这回，轮到她默不作声了。

他一转身穿上这一袭素衣，轻掸衣袖，又抽出宝剑抖一下剑穗，说："好

看。"然后,他出了木屋,踏过拱桥,走向曲巷的另一个尽头。

他未回头,当然看不见她立于清寒之间的泪珠。

"徒儿终究会长大。"她喃喃自语,随即追至拱桥,可惜他已经消失不见。

多年后,他如愿以偿,终于成为名扬天下的剑士。而她依旧立于桥上,朝往暮复,春去秋来。冬季,雪依然如期飘洒,只是再没有谁为她拂去眉间的雪花。

一日,他端坐在塞北的酒肆,要了一壶老酒,正要畅饮,忽而听见身后有人谈及她。他竖起耳朵偷听,只听说,她依然习惯于立在桥上张望远方……没等那人说完,他便持上那柄三尺剑,起身而行。

从塞北到江南,他从未停歇。终一日到达那里,屋还是那屋,桥还是那桥,巷还是那巷,只是再没有她的身影。

他站在她站过的地方,忽然想起十年前他和她的对话:"师父,你始终一个人在这里,就不想去别的地方看看?""我怕我一转身,连你也消失不见。"

物是人非。四周冷冷清清,雪还在扑簌扑簌地下着。此时他才领悟,他和她虽同道殊途,最终却是殊途同归。日复一日,他立于原地,像她一样,经历着之前的过往。

忽有一日,他依稀听到桥下传来一个声音,问他:"你是在等谁吗?"他知道,终究谁也不会回来,只是刚要开口,那声音随即又问:"我能拜你为师吗?"

他浅浅一笑。那一日,好似雪融花开。

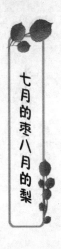

# 奇 情

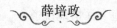

薛培政

深秋时节,我到移民新村探望孤寡老人杨青石。

尚未走近院门,便听到院里传来一阵唱:"我本是卧龙岗散淡的人……"虽非字正腔圆,倒也听着顺耳。

咦,太阳从西边出来了?是啥事让几个月来郁郁寡欢的老杨有了这般精神?

见我走进院后,他显得有些局促,却掩饰不住内心的激动。

"老哥,心情这么好,有啥喜事?"我笑着同他打起了招呼。

"不瞒老弟,还真有喜事。要不,你猜猜看?"一向直来直去的老杨对我卖起了关子。

我往前凑凑,小声逗他:"你是捡个金元宝,还是天上掉下个老伴儿?"

"嘿,还真让你蒙对咧,老伴儿回来了!"老杨笑嘻嘻地答道。

"老伴儿?哎,你不是——?"

望着我满是疑惑的样子,他便朝屋里喊道:"黄妞儿,出来见过客人!"

话音未落,就见忽地从屋里蹿出一条大黄狗,亲热地贴着我的裤腿摇起尾来。

"好了,退下吧!"那狗听了老杨的话,乖乖退到一旁卧下了。

在院内坐定后，看着我依然好奇的表情，老杨呷了口茶，又看了黄狗一眼，乐滋滋地说道："五年了，我没白养它，本以为再也见不着面了，谁想昨天一开门，它竟卧在了俺家门口，俺就纳闷儿了，它是咋着找来的？"

倒也是，老杨搬迁至此几个月了，好几百里地，这狗居然能跑着找上门来，简直就是天方夜谭！我不由得啧啧称奇。

黄狗像是听懂了我俩的对话，小声呜呜地叫了起来，似乎诉说寻主路上的不易。

老杨深吸了一口烟后，饱含深情地说道：

"唉，俺属狗，这辈子与狗有缘哪！

"早先，俺为生产队放羊。那时山里狼多，为防狼祸害羊，俺养了一条叫赛虎的黑狗。那狗忠实，俺走到哪儿，它跟到哪儿，晚上就卧在羊圈边。那年下暴雪，半夜里，就听见赛虎瘆人地狂叫，俺想肯定是羊圈招狼了。一骨碌爬起身后，摸起猎枪就朝羊圈那厢放了一枪。等俺赶到跟前，狼已吓跑了，就见雪地上流了大片的血。赛虎一动不动地守在羊圈边上，见俺过来后，咕咚一声倒下了。俺把它抱进屋掌灯一看，满身都是血口子，那血咋也止不住。不一会儿，它朝俺呜咽几声就断气了，俺那心都碎了。"

说到动情处，老杨的声音有些颤抖，我赶忙为他点上一支烟。

"乡亲们怕俺难过，第二年开春后，又给俺送来一条小花狗。那狗通人性，平时俺上山放羊，狗跑在前面，俺头朝哪边摆，它就走哪条路，还救过俺一命哩。唉，好狗命不长。1958年水库大坝动工，俺村搬迁到几百里外的邻省汉水镇，走时大人小孩上卡车，任何牲畜却不让带。眼见着汽车发动了，村里那群狗急得发疯了，拼命撵着往前跑。半年后，那群狗找上门来时，瘦得都没样儿了，见到自家主人那天，一条条地倒下再没起来。"

说到这里，老杨两行老泪流了下来。看着他伤心的样子，我觉得两个眼窝也潮湿了。等缓过劲儿后，他朝我苦笑了一下说：

"不怕你见笑，俺这辈子没成家，也没个知冷知热的人，就把狗当知己了。

"前两条狗都死得惨，俺发誓再也不养狗了。1978年春，俺申请回原籍后，就在镇上企业当门卫。那个雨天，一条瘸了腿的小狗，在俺门前饿得直叫唤，叫得俺心里不落忍，就把半块馒头扔给了它。那狗就黏住俺了，咋撵也撵不走了，那狗就是黄妞儿。"

老杨朝黄狗瞥了一眼说："这次移民搬迁日期确定后，村里乡亲都忙活开了。俺光棍儿一条，唯一牵挂的就是黄妞儿。俺和外县的表弟商量妥送他喂养。搬迁的头天中午，俺做了一桌菜，还包了饺子，想和黄妞儿吃个团圆饭，就算分别了。可它精着哩，平时扔块骨头，都稀罕得不得了，可这回盛的好饭好菜，它却纹丝不动，紧贴着俺身边，泪水涟涟地看着俺吃饭。唉，俺还能吃得下吗？就雇辆三轮车想送它走，它却守在窝里不出来，还是开车的小伙子帮俺拖上车的。到了表弟家后，它拧着身子不下车，几个人费劲儿将它关进柴房后，那哀求的叫声让人听了心酸哪！俺搬迁到这儿半月后，来看俺的表弟说，那狗半夜挣断绳子跑了。打那之后，俺心里就像堵了块石头，连做梦也常梦见俺的黄妞儿。这下好，它自个儿找上门了。"

因还要探望下一家移民，我便起身告辞。在目送我走出一大截子后，老杨仍带着黄妞儿站在胡同口。远远望去，秋日暖暖的夕阳下，一幅人与动物和谐的画面映入眼帘，让人看了从心底涌出一股暖流。

# 加　碗

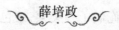

薛培政

　　娘说我两岁那年出麻疹，连续地发高烧说胡话，一头奄拉下来就没气了，村里的医生过来看了看，摇摇头就走了。邻里百舍的大娘婶子闻讯后，不无怜惜地叹口气："唉，白胖胖的个孩儿，却瞎了（方言，即"完了"的意思）。"

　　"俺孩儿不会瞎，俺孩儿不会——"娘说她那会子不会哭也不会闹了，只是紧紧地抱着我，除了喃喃自语，一动也不动，不吃也不喝。

　　家里老人们看着不落忍，便佯装要替娘抱。娘说她虽心痛却清醒，她知道一旦失手，我就会被扔到村南沟里去，村庄里凡夭亡的小孩子都是扔到那里的。娘抱着我跑开，村人们都说娘失心疯了。娘跑到了打谷场后面的娘娘庙，躲藏起来。娘娘庙早已被人推倒了，娘娘的石像只剩下了半拉。娘跪在娘娘破损的双脚前，乞求娘娘给我一条命，无论是十年二十年还是一辈子，娘都愿拿她的命来相抵。

　　"老天开眼，老天开眼——"娘每每说这话时，就像事情刚刚发生一样，娘的惶恐仿佛还没收住，一直觉得眼前烟尘蒙蒙。而我从记事的时候就知道结局了，一位过路的老中医过来摸摸我的脉象，说是一时闭了气，说不定还有救的。他说："这位小大嫂，你若相信我，就让我扎一针试试，救活是造化，救不活是命数，你看如何？"娘像是见了救星，翻身扑倒在地，连连磕头，话也不会说了，只是眼泪长流。老人掏出随身的银针，一针下去，一时半晌，我竟奇迹般活了过来。

从那时起，每年的年夜，娘都要在餐桌上多加一个碗。娘说，这个碗是为当年救我的那个老人家留的。娘虔诚地举起那口碗说："老人家，你是我家娃儿的救命恩人，祝你命长福长，福寿百岁。"

娘是那样溺爱我。夏日的清水塘，小伙伴们像鱼儿一样地游来游去，羡慕得我心里直痒痒，娘却从不让我到塘边去，娘说塘里淹死鬼的手，一直都能伸到他看中的小孩子睡觉的床上去。结果，娘一眼没盯住，我上树掏鸟窝把右胳膊摔折了，娘心疼得眼睛都哭肿了。娘一直絮叨："怨你娘，都怨你这没用的娘。"我爹都听烦了，背地里踢了我两脚骂道："小兔崽子，你从小就不让人省心啊！"

我当兵后，我哥给我写信总是说起娘。他说娘常常半夜里披衣起坐，隔窗朝着南方痴痴地遥望。我忍不住流下泪来，那是我离家的方向。

那年春上，娘患过一场大病后，身体越发不济，娘唯一的心愿就是希望我不要离开她。可自小倔强的我，一心想的是好男儿志在四方，我瞒着娘报名当兵，偷偷做了入伍体检。直到接兵干部要进村家访，我才道出实情，娘当时脸就吓变了颜色。等到接兵干部进家后，娘却没说半个不字，送走接兵干部，娘手足无措地哭了，我永远记得娘眼睛红红却又不愿意让我看到的样子。只是我当时年少，不懂珍惜，一直沉浸在离家远走的兴奋中，对娘的殷殷叮咛总是显得不耐烦。

而今，我亦年过半百。

哥在信中说，一到春天，娘都要孵一窝鸡仔养着，娘喜欢看一群小鸡跟在母鸡后头叽叽喳喳。哥还说，我当兵走后，每年的年夜，娘也为我多加了一个碗。头锅水饺盛好后，娘先祝那位救我性命的老人家命长福长、福寿百岁，又祈国平无战事，我好平安早归乡。在我离家的几十年中，无一间断。

我暗暗发誓,他年归家,当日日绕膝,好好侍奉,让娘再也不生受离别思念之苦。

只是,待我归来时,娘已故去。

灵棚前,爹看着我两鬓渐生的白发,失声痛哭。他只反复对我说一句话:"儿啊,你娘想你……"

端阳节,是娘的忌日,我想起儿时那个口口传唱的《哭娘经》:

五月里来是端阳,菖蒲药酒配雄黄。

人家吃得醺醺醉,不见我娘上桌尝。

儿时戏言不懂意,今朝已到眼前来。

我扶着已近暮年的爹,爹说:"孩儿啊,逢年过节,记得给你娘加个碗。"

我说:"爹,我知道。"

# 赶 鸭

宗　晴

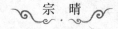

"嘘,嘘……"天蒙蒙亮,一阵急促的吆喝声打破了清晨的宁静,一群鸭子扭着优美的舞姿冲出竹林掩映的院落,向外面奔去。

三爷握根竹竿,三婆握根竹竿,一左一右引领着,要把鸭子赶到指定的地点。

不远处有一沟农田,杂草青青,有各类昆虫和鱼虾田螺,是放养鸭子的最佳场地。

鸭子到了田边,迫不及待地扑棱着翅膀,纷纷飞下田,将全身打湿,嘎嘎地欢叫一通,然后唰唰地噶食。

三婆说:"鸭子关了一夜,饿得慌,有些野性,你注意点儿,我回家煮早饭。"

三爷说:"你去吧,我一人应付得了。"

这片农田开阔宽敞,机耕道对穿而过,直直地延伸出去。

正是农耕季节,村民们忙着把秧苗移栽到大田,短时间内根须还不牢。如果鸭子进入大田,轻则把秧苗荡出水面,漂浮不定,重则直接把秧苗踩进稀泥,枯萎而死。

三爷和三婆要把鸭子管控在没插秧的清水田里放养,可鸭子们不谙农事,只顾觅食,满田乱钻,稍不留神,就会闯入禁地,损坏秧苗。

三婆走后，三爷不敢大意，聚精会神地盯着鸭子，看到它们快进入秧苗地的时候，打一声呼哨，那些家伙便识趣地离开。

也有胆大的，经不住秧田里昆虫的诱惑，挺着脖子张望一会儿，心存侥幸，悄悄往秧田靠。三爷一竹竿扬过去，吓得它们掉头鼠窜，田水哗地溅起一排浪花……

附近有村民插秧，闻声抬头问："三爷，你不怕把鸭婆的蛋包吓掉了？"

三爷红着脸说："谁叫它们太贪心？秧田岂是去得的地方？秧苗损坏了不够栽，我岂不成了罪魁祸首？"

村民们竖起大拇指说："三爷明事理，等新谷出来，我们首先送给三爷尝鲜。"

三爷摆着手，低头往鸭婆腹下瞅，那里沉沉地吊着的蛋包，不知装了多少蛋呢！它们若真被吓坏了不下蛋，三爷还是会心疼的。

鸭子们挤成一团，像一把梳子，很快把一块农田梳理完毕，便翻过田埂，进入下一块田间。

三爷跟着走上田埂。田埂上栽了玉米，嫩绿嫩绿的，三爷生怕踩着，小心翼翼地挪动步子，裤脚和鞋子被露水浸湿了，凉丝丝的。

赶鸭子不算辛苦活儿，只要它们不乱跑就不用管，但时间长，全天待在这里，难免枯燥乏味。三爷就看风景，秧苗、玉米苗、桑叶、竹林、果树、青草……目不暇接。

三爷想，要不了多久，等秧苗长起来，到处青翠欲滴，风景如画，那才叫美呢！

三婆提了一只塑料桶，里面装着饭菜，对三爷喊："吃早饭了，趁热。"

三爷走过来，微笑着说："忙啥？先让鸭子吃饱喝足，才不会乱跑。"随后端了饭菜，蹲在机耕道上囫囵吞咽，双眼警惕地盯在鸭子身上。

三婆也向田间瞟了一眼，慢腾腾爬下机耕道旁边的水槽，弯腰摸鱼虾。这些野味营养价值高，鸭子吃了，下的蛋个儿大味鲜。

不知过了多久，鸭子们饱餐后闲下来，停在田间梳理羽毛的时候，三爷

也累了,眼皮直打架,但他不敢睡,他不能放松警惕。于是,他主动找田里的村民们聊天。三爷说:"我年轻时,一人扯秧栽秧,一天能栽两亩田。"

村民们笑,那叫栽"顺田弯"。田宽,得牵线排行。

三爷心里痒痒的,真想下田露一手,可他清楚自己现在老了,腿脚不灵便,腰也不好,管住鸭子才是头等大事。

到中午,村民们都收工了,三爷还站在田埂上守鸭子。三婆颇有收获,密密匝匝的鱼虾挤在桶里直涌动。三婆把桶递给三爷,说:"回去把冷饭热一热,吃后睡一觉。我在这儿守着。"

三爷说三婆比他累,要她回去休息,自己还扛得住。三婆说:"万一鸭子捣乱,我比你跑得快。"三爷说不过,就提桶向家里走。

三婆坐在机耕道上,抬眼望,一湾农田大半栽上了秧苗,鸭子放养的空间越来越窄,再过几天就该圈在笼子里了。三婆撇撇嘴,有些沮丧。

午后,天色陡变,忽然下起了雨。急雨如鞭,砸在田中,溅起一个个水泡。三婆急忙提了竹竿,把鸭子往家里赶。

鸭子被这突如其来的变化吓蒙了,待在田中一动不动,三婆只得下田赶,越赶越乱。鸭子惊慌失措,四处逃窜,有几只溜到下面刚栽秧的田里。

三婆暗暗叫苦:"坏了!"

三爷戴了斗笠跑来,几步蹿下田,与三婆对立而站,一边挥动竹竿,一边嘘嘘地打呼哨。三婆说:"不能太急,赶上机耕道就好了。"

三爷见三婆浑身湿透,衣服裹在一起,双脚陷进稀泥,像掉入了沼泽,每抽出一次都很困难。三爷大喊:"你先上去,我比你高,好挪步。"

三婆说:"要齐心协力才行。"她开始在稀泥里爬行,手里的竹竿成了负担,嘴里仍不停地打着呼哨:嘘,嘘……

鸭群所到之处,秧苗倒下一片。三爷大怒,边赶边骂:"打死你们这些瘟殃!"

三婆说:"慢点儿,小心蛋包。"

"许多人来买老鸭子,你不肯卖。"三爷埋怨。

"五年了,出再多的钱也不卖。"三婆咧嘴笑。

"那你管,这么淘气。"

"皮蛋盐蛋那么好吃? 你不管算了,回家去。"三婆不急不恼。

三爷噤了声。

终于,鸭子爬上了机耕道,三婆对三爷说:"我实在走不动了,歇一会儿。你先赶回家,圈进笼子。"

三爷很快又回到田间,瞅住三婆说:"你当我是傻子? 鸭子惹的祸让你一人承担?"

三爷把一只斗笠戴在三婆头上,两人紧靠一起,弯腰扶秧苗。雨越下越大,许多秧苗漂浮起来,三爷和三婆边捞边栽,感觉怎么也栽不完。

三婆说:"你回家把衣服换了吧,小心感冒。"

三爷说:"你先回。我以前可是栽秧高手呢!"

"还逞能……"

"豁出去了……"

两人相视一笑。雾气氤氲的雨幕中,两位老人佝偻着腰,一株一株地把秧苗重新插上……

# 鸡丢了

曾·瓶

徐大娘的鸡丢了。一只十来斤的大红冠子叫鸡公。那是用来吃团圆饭的。还有一个月就过年了。儿子儿媳孙儿从广东回来吃啥子啊！

徐大娘很着急，挨家挨户地问。

都说："昨前天都看到的嘛！"

徐大娘说："今天早上，我还喂它苞谷呢，吃了我半碗苞谷呢！"

都说："就是，就是，怎会说不见就不见了呢？好大的一只叫鸡公啊！可惜了可惜了，得好好找找！"

都来帮徐大娘找叫鸡公。沙坝坪 17 户人家，在家的，就十来个守家门的老人。有五户人家，门一直锁着，要到年三十，才从外面回来住上十天半月。

首先想到，是不是贼娃子来偷去了。

大家开始排查，这两天，是不是有陌生人到了沙坝坪。沙坝坪坐落在山沟里，只有一条石板路通到山外。

大家憋着劲儿，想了又想，哪有人来啊！至少十天半月没有人进来了。

有人想起了，东坡上的王石板，回来了。

都说："这家伙怎回来了？沙坝坪没法清净了。"王石板有偷鸡摸狗的习性，三年前，突然在沙坝坪消失了，怎么突然回来了呢？

就去找王石板。乡里乡亲,知根知底。徐大娘开门见山:"王石板,不能偷我的叫鸡公哈,偷了就还我!"

王石板见乡亲们来了,吃惊得很,很快就上了脸色:"徐大娘,不要乱说啊!说话要负责任啊!我都当老板了,我怎还会干那种偷鸡摸狗的事情嘛!"

王石板说:"这次回来,是建楼房娶媳妇,哪个往我身上泼污水,翻脸不认人哈!"

王石板从屋里摸出几张存折,在大家面前拍得呱呱响:"我用得着偷叫鸡公吗?"

弄得像是徐大娘偷了王石板的叫鸡公似的。

有人说:"徐大娘的叫鸡公会不会和张二娘的大母鸡一起,跑到山林子里耍去了?"

大家哈哈大笑。前两天,徐大娘的叫鸡公和张二娘的大母鸡闹得欢,在房前屋后干些亲昵动作,闹得大家像看马戏似的。

张二娘抓来一把谷粒,咯咯咯地唤她的大母鸡。大母鸡很快欢天喜地地跑了过来。哪里有徐大娘的叫鸡公?

徐大娘仍不死心,在张二娘家的房前屋后唤她的叫鸡公。徐大娘说:"会不会大母鸡把叫鸡公带到什么地方了?"

张二娘不高兴了:"你的意思是我家的大母鸡拐骗了你家的叫鸡公?"张二娘把房门全打开,要徐大娘仔仔细细地找。

徐大娘哪里还敢在张二娘的房前屋后找她的叫鸡公?

有人说:"李四娘的大黄狗,前些时候,有追鸡的嫌疑,吴么爷的老母鸡,不是被追得掉了半边屁股的毛吗?会不会是李四娘的大黄狗,把徐大娘的叫鸡公拉去吃了?"

就去李四娘家。李四娘不高兴了,说大黄狗确实追过吴么爷的老母鸡,但那次自己把大黄狗打了个半死,以后,大黄狗就改正了,再也没有干过追鸡的事情。李四娘说："今天早上到现在，大黄狗一直跟在我屁股后头，它怎么会跑去吃你徐大娘的叫鸡公？话不能乱说，得讲真凭实据呢！"

李四娘要徐大娘把整个沙坝坪好好搜搜，就算是大黄狗吃了，十来斤的叫鸡公，大黄狗吃得了？总得留一些骨头吧！总不会连鸡毛都吃了吧！鸡骨头在哪里？鸡毛在哪里？

李四娘越说越气，当着徐大娘的面，拿起一根竹扁担，把大黄狗往死里打，大黄狗哪里知道所以然，被李四娘追得狂吠乱跑。

徐大娘哪里还敢在李四娘家问叫鸡公？

徐大娘把沙坝坪十来户人家挨着问了个遍，哪有叫鸡公的身影？徐大娘说："一只活鲜鲜的叫鸡公，怎说没有就没有了啊？"

大家不高兴了："徐大娘，你该不会说是我们偷吃了你的叫鸡公吧？"

徐大娘也不高兴："我的叫鸡公不见了是假的？我大白天说梦话了？"

徐大娘叉着腰，立在院坝里，破口大骂偷吃她叫鸡公的贼娃子。骂着骂着，竟哭泣起来，不清楚的，还以为她家遭了什么大变故。

第三天，叫鸡公竟然在徐大娘厨房背后的大烟囱里找到了。

徐大娘摆了一大桌饭菜，把沙坝坪在家的十来人全请了，包括张二娘、李四娘、王石板。徐大娘特意煮了腊猪头。请饭的时候，徐大娘反复念叨："叫鸡公怎么跑到烟囱里去了呢？"

吃着热气腾腾的饭菜，徐大娘仍然反复说："撞鬼了，我家的叫鸡公，怎跑到烟囱里去了？"

大家哈哈大笑，都说徐大娘家的叫鸡公，隔一些时候，得去一个莫名其妙的地方耍耍，这样，大家就可以逮个机会喝酒吃肉了！

# 距 离

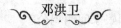

邓洪卫

  这银行临街而立,对面是一溜儿店铺。正对着银行的,是一家杂货店,主要经营糖烟酒粮油盐锅碗瓢盆等日常用品。店只有一间门面,40平方米左右。后面是货架,前面是柜台。

  常年照应着店面的,是一个女子。20岁出头,短发,右边一绺头发弯到前面,稍遮住半边脸,左边的头发拢在后面,压在耳根。脸圆圆的,宽宽的,红红的。头发的修饰既巧妙地掩饰了脸的稍大,又展示了健康的美。那时候,乡村仍以银盆大脸为美,瓜子脸则在城市走红,城市边缘的乡镇,两种审美同时并存,传统与现代交错。

  她有时坐着,半个肩及头正好露出柜台;有时站着,在狭小的空间里来回走动。有时趴在柜台上,低着头,头发半垂下来,柜台上摊着一本杂志。有时也走出柜台,双臂抱着胸,站在门口,往街上看。虽然表情严肃,静立不动,但可以感受到青春在她的脸上及身体里涌动。

  她喜欢上身穿黑色的T恤衫,下身穿浅咖啡色的长裤。T恤衫紧束在裤腰里,发育成熟的胸部凸显,紧绷绷的。她转身到货架上取货的时候,客人会盯着她的屁股看。因为裤料上乘,平整,裤子垂感很好,较好地衬出了她臀部的结实性感,显现了她身材的和谐美妙。

"是这种吗?"她问。

客人光顾看她的背影,看她的性感,面对突如其来的问话,一时没反应过来。她见后面没有回应,回过头来,接住客人的目光。她的脸红了,客人的脸也红了。她的脸本来就有点儿红,现在是更红了。

杂货店的旁边,紧挨着是一个大门。进了大门,是供销社的大院子。院子里有个公共厕所。

不知什么时候,银行的员工喜欢穿过马路,到这个院子里上厕所。

银行的右首,过了几个店面,就是车站,车站内有厕所。银行里面也有厕所,但他们不愿意就近去这两个厕所,而是愿意穿过马路去供销社大院里的厕所。

他们上厕所的步伐显得并不急,慢慢地,慢慢地,走向马路对面,过了马路,脚步更慢,有时还站一站,向两边张望。越走近大门,他们的注意力越集中,他们的目光向大门旁的杂货店里注视。如果杂货店里的人也正好往外看,他们赶紧把目光避开去。

有时,从厕所出来,出了大门,他们会很自然地拐进小门。

"来包烟吧。""哪种?""那种。"

他们不说哪种,而是用手指着柜台。女子就抬头看手,顺着手势在柜台里拿。烟拿出来,并不急着走,而是拆开,弹出一支,叼在嘴上,点着,深深地吸一口,有一句没一句的,聊聊。

银行员工胡二品也经常上厕所,也会向小门里看。但他很少进这个小门,因为他不抽烟,他不爱说话。他没有更合适的理由进这个小门,也编不出更多的话来说。

有时,他会进去,买酒。他有朋友来,要喝酒。

"哪种?"

胡二品也有些犹豫。他并不太爱喝酒,不了解酒的行情。他这边看看,那边看看。看酒的同时,也看这青春勃发的女子。

"这个吧,这个酒不错。"女子笑了,向他推荐一种酒。

她喝酒吗?女子怎么能喝酒呢?不喝酒又怎么知道这种酒好呢?胡二品胡思乱想。

"这种酒卖得可好啦。"女子说。

"我爸爸也喝这种酒。"女子又说。

"我给我爸倒酒,有时,我还陪他喝两杯。"女子还说。

"那就这种酒吧。"胡二品跟朋友喝酒的时候,头脑里会晃动着这个女子的脸,银盆大脸。也会晃动着女子的曲线,性感的曲线。

她爸爸也喝这种酒,是真的吗?他想象着,她爸爸坐在餐桌旁,女儿打开酒,给他倒酒。爸爸喝一盅,女儿续一盅。渐渐地,她爸爸不见了,取而代之的是自己。女子倒一盅,他喝一盅。

胡二品就笑了。

朋友说:"什么喜事呀,这么高兴。"胡二品说:"喝酒高兴啊。"

胡二品认得女子的父亲。女子的父亲是供销社副主任,姓曹。他们家就住在大院里。女子的父亲有时会到银行存钱。女子有时会到银行换零钱。他曾经跟女子的父亲喝过酒。当然,不是他一个人,而是一桌子人。银行主任想拉存款,想让供销社来开户,就请供销社几个主任喝酒。银行主任也带了几个员工去,其中就有胡二品。

喝酒的时候,主任夸曹副主任的女儿,漂亮、大方、懂事。

曹副主任说:"还没对象呢,请主任介绍啊。"

主任一指几名员工,说:"好啊,你看他们几个,你看中哪个?"

曹副主任说:"都不错,都不错。"

不过是说说而已。主任没有当真,曹副主任也不敢当真。他女儿没有工作,只是在家看看门市,银行的正式员工,怎么会看得上她呢?他们起码得找个老师吧。

忽然有一天,曹副主任的女儿不再出现在那个杂货店里,取而代之的,

是个年轻的后生。有人去问了，回来说："曹副主任的女儿出嫁了，现在看门市的，是她弟弟，高中刚毕业。"

后来就听说，曹副主任的女儿嫁给了一个比她大 10 岁的人。这人很有钱，在市里做生意。

这一年春节，初二，银行里有人上厕所时，看到有辆车驶到曹副主任的家门口，车上下来一个胖胖的男人，40 岁左右，大包小包地往下拿。曹副主任的女儿也从车上下来。这个女子穿着咖啡色的貂皮大衣，显得华贵、鲜亮。

"一看就是有钱人。"银行的同事回来说。

胡二品想象不出男人什么样，女人成了什么样。他的眼前浮现出女人给男人倒酒的情景。

完全是两个陌生的面孔。

后来，胡二品也有了女朋友。女朋友的父亲并不喜欢胡二品，也不同意这门亲事。每次胡二品来，都待理不理，托词有事外出。直到有一天，女朋友又带胡二品来家里，吃晚饭的时候，女朋友的父亲突然说："喝点酒吧。"

女朋友怯怯地看着父亲。父亲说："我想喝酒咧！"

胡二品也有点儿恍惚，他懵懂中走进了供销社大院。自己对面坐的是曹副主任，斟酒的是曹莹。曹莹就是曹副主任的女儿。

胡二品对女朋友说："你也喝两杯。"

女朋友说："我才不喝酒呢。"

胡二品想起曹莹说："我爸也喝这种酒。"

曹莹还说："我给我爸倒酒，有时，我还陪他喝两杯。"

胡二品叹了气。

女朋友的父亲说："小伙子，别叹气，我同意啦！"

# 责　任

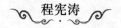

程宪涛

吴畏明天离职。

吴畏一夜未眠，独自躺在床上，翻来覆去如烙饼。

在东北一些地方，除逢年或喜事燃放鞭炮，还会给离任领导放鞭炮。这是"欢送"领导离职，给领导履职的"评定"，对领导未尽职责的诅咒。这种行为属于非官方，是坊间的自发"仪式"。离职者都会经历这一关。

上级在调职谈话时，拍了吴畏的肩膀，询问吴畏这个问题。吴畏道："是庆祝失职者滚蛋，那是为官者的耻辱。"上级领导说："今年是 2018 年，改革开放 40 周年，你恰巧今年调动，民间的反应和测评，从某种角度是对电厂改革发展 40 年的检验，员工心里有杆秤，成败由他们评说。你有足够的信心吗？"吴畏不敢说有或没有，只是感觉压力更大，甚至生出一份惶恐。

电厂成立 50 多年，从创业到改革开放，管理层换了多少届，除了一些老员工，没有几人记得清楚。铁打衙门流水官。任职者一届职满，都心怀忐忑不安，唯恐听见鞭炮噼啪声，成为声声抨击的主角。人们依稀记得某些片段。

某任领导到异地赴任。迎接的人欢天喜地，送行的人兴高采烈。领导的脸如向日葵，对下属们持续绽放。轿车行至小镇十字路口。这里商铺鳞次栉比，喧闹声不绝于耳，是小镇繁华之所。身着工装的员工们，站在马路的两侧。两根竹竿立起来，两挂鞭炮挑起来。众人愣怔的片刻，鞭炮轰然爆裂开，陪同的人四散奔逃，更多的人聚拢来。领导灿烂的笑容凋落，枯萎成瑟缩的叶子。轿车瞬间不知所措，仿佛忽然清醒过来，挤出人群逃出小镇。

知耻近乎勇。之后几届继任者，为官清廉而发奋，突破发电历史纪录，实现辅业剥离，完成企业化改制……但是，数年后历史轮回，又有继任者中枪。

某任老总颇有自知，经人指点，离职前谎称早八点离厂，却在凌晨五点，天色未明时分，钻进轿车启程。原想神不知鬼不觉，却早已走漏风声。轿车刚转过街口，几辆摩托车冲来，硬生生挤在路上。轿车被迫停下，鞭炮蜿蜒在路中，犹如几条红色的蛇，转眼间吐出火芯子。在寂静的清晨中，爆竹声格外刺耳。领导遭遇袭击，一时失魂落魄，心脏病突发，从此再没有下床。

俩领导在其后两年，相继被"双规"查处。任职间种种丑闻，被赤裸裸扒出，成为员工闲暇谈资。

吴畏的上一任老总依旧"前赴后继"，复制了某段历史，只是在职期间被查，在上级谈话之后，即称病在家休养，直到去新单位工作，再没敢回原公司。但是，其半年后入狱，依然未逃脱魔咒。传说他临行前夜，小镇的爆竹售罄，在众人的浮想中，那是一个爆竹铺天盖地，盛况空前的情景。而据说，在其后三年中，这批爆竹并未燃放，一直保留到现在，员工们在等待那一刻……或许，员工并不希望再现那种场景。

吴畏心里没有底数。

吴畏下床穿衣，拿起手电筒，戴上安全帽。这是他三年来形成的习惯，每天到厂子内巡查，只是今天提前两小时。三年前，吴畏第一次巡查时，值班室中一片狼藉，运行人员各行其是，一个酒气熏天，两个在睡大觉，三个在玩"斗地主"……甚至，有一个岗位缺岗。吴畏把班长、值长、主任及主管安全、生产的副总找来，自己坐在缺岗位置上，下属在旁林立。早会上，班长、

主任被免职,分管领导被谈话处分。

一切都需要改变。

正值设备检修关键期,检修主任提前一小时,早晨七点到达现场,他看见吴畏在现场。次日六点半到现场,他看见吴畏在现场。第三日六点到现场,他依然见吴畏在现场。主任问:"吴总几点来的?"吴畏回答:"比你提前半小时!"检修主任说:"今晚,我住在检修现场!"那一年的机组大修,实现了有史以来首次全优。

无垠的天幕上,星光相互辉映;运行值班室内,机器浅声低唱。值班人员各负其责,目光在仪表上流动。这是一个普通的凌晨。吴畏流连在新建机组外,站在耸立的厂房前,仰望这座动力巨人。这是他三年的心血,是老厂的希望工程。遥望远方群山中,有在兴建的垃圾电站,新型绿色能源基地……

但是,依然有那么多遗憾,断掉了员工福利用水,停掉了家属免费用电,学校和物业社会化……那么多的责难、掣肘,还有骂娘声,还有唾沫,甚至上访……改革中不间断的阵痛。

吴畏告诉办公室主任,确定早七点启程,办公室主任似乎明白了,问吴畏怎么走。吴畏似乎不理解,道:"步行出小镇。"主任说:"我知道一条小路,不会被人发现。"吴畏说:"我走人道,你把车开到小镇口。"主任说:"都知道你今天离厂,万一出现状况咋办?"吴畏道:"这是最好的检阅!"他想起上级的话。

清晨七点十分,吴畏出现在小镇街口。吴畏看见聚集的员工,穿着整齐的工装。几十挂挑起的鞭炮,形成红色的海洋。办公室主任迟疑着,甚至有了惊恐慌乱,他拉扯一下吴畏的衣袖,道:"咱们坐车走吧!"吴畏走向路口人群,似乎有人念了避水诀,人群散开一条路来。吴畏走进人群中。一位老员工犹豫着,手伸出去又缩回,再次试探着伸出,吴畏拉住那双粗糙的手,更多的手伸过来……

吴畏走出人群很远。没有爆竹炸响。身后忽然有人喊道："吴总！"吴畏转身扭头回望。员工指着鞭炮阵势，问："你怕吗？"吴畏大声回应道："怕！"人群轰的一声笑了，都是十分开心的模样，就像清晨的阳光。

那员工高声道："这是准备过年放的，摆出来让你看看，今年是个好年头！"

吴畏的眼眶一紧，用力地点了点头。

# 回　家

马兰莲

　　火车像一条长龙,穿行在连绵不断的山脉中。雪花零零散散地从天空飘落下来,像飞絮,像蝉翼,清澈洁净,晶莹剔透。

　　肖锦云坐在靠窗的座位,怀里抱着一个大大的包裹。她表情淡漠,甚至有些木然。她的眼睛里流出一种奇妙的神色,说不上是喜悦还是忧伤。她一动不动,静静地坐着,像一尊雕塑。

　　她的对面坐着一对年轻夫妻,好像刚结婚不久。女人依偎在男人的怀里,甜甜地睡着了。她嘴角露出的微笑,足以证明她正做着美梦。男人一手搂着女人,一手拿着手机,拇指不停地在手机屏幕上滑动着。女人动了一下,盖在身上的衣服掉了下去。男人放下手机,捡起衣服盖在女人的身上。

　　肖锦云看着他们,脸上呈现出一种复杂的表情,说不出是羡慕还是嫉妒。男人抬起头,刚好与她的目光相撞,便问道:大姐,你去哪儿?

　　肖锦云显然没想到男人会跟她搭讪,怔了一下,淡淡地说:"回家。"

　　男人还想说话,肖锦云却把目光移向了窗外。

　　火车转过一个弯儿,"呜呜"地鸣叫着,钻进一个隧道里,闹哄哄的车厢里安静了许多。肖锦云的脑子里开始翻江倒海了……六年前一个飘雪的日子,肖锦云接到男朋友打来的电话,筹备了大半年的婚事又要推后。这已经是第三次了。肖锦云知道男朋友的工作性质特殊,她决定自己去南方把婚事办了。

下了半个月的雪丝毫没有停下来的意思,肖锦云被两家的父母送上了南下的火车……"呜——"火车发出一声长鸣,咣当咣当地跑出隧道。外面的雪似乎有些大了,山坡上、树枝上落满了白绒绒的雪花。

女人醒了。她揉了揉眼睛,惊喜地叫道:"老公,雪下得好大,雪花真美。"

男人轻描淡写地说:"这算什么,老家的雪比这漂亮多了。"

女人撒起娇来,搂着男人的脖子说:"老公,我想吃鸭脖。"

"你就是个馋猫。"男人从背包里拿出一个袋子,又拿出两瓶冰红茶。女人像饿狼扑食一样自顾自地吃起来。

男人抬头看了看肖锦云,试探着问:"大姐,你喝点儿水吧。"

肖锦云摇摇头说:"谢谢,我不渴。"

"喝点儿吧,坐了几个小时了。"男人把水硬塞给肖锦云。

肖锦云推辞不过,只好接住。她没有拧开瓶子,只是怅然地望着窗外。

女人吃了几口,好像要吐的样子。男人急忙拍着她的后背问:"老婆,怎么了? 是不是吃得太猛了?"

女人喝了口水,娇嗔地说:"傻瓜,你要当爹了。"

"真的?!"男人高兴得有些忘乎所以,一把抱住女人狂吻起来。

肖锦云听着他们卿卿我我的,闭上了眼睛。

男人摸着女人的肚子说:"这小子,跑得挺快的。你说,咱儿子长得像谁? 取什么名呢?"

女人说:"我生的,当然像我。姓也得跟我的。"

男人不服气地说:"凭什么? 孩子都跟爸爸的姓。"

"既然跟爸爸的姓,那爸爸怎么不生呢?"女人一副蛮不讲理的样子。

男人气呼呼地说:"真是不可理喻。"

小两口儿争吵完，都噘着嘴，相互不理睬。

肖锦云听他们吵完了，问道："刚结婚吧？"

男人说："是的，结婚半年。"

媳妇还是个孩子，挺任性的。肖锦云看着女人。

男人笑了笑，问道："大姐，你怎么一个人？"

肖锦云长长地叹了口气说："我跟先生一起来的。我先生是一名缉毒警察，常年奔走在边境线上。我们结婚六年，先生第一次回家。这次回来，就不走了，可以好好地陪我了。"

男人好奇地问："那你先生呢？"

肖锦云指着怀里的包裹说："在这里。他太累了，睡着了。"

男人瞪大眼睛怔怔地看着肖锦云半天："大姐，对不起。"

肖锦云微微一笑说："没什么。"

"老公。"女人紧紧地抓住男人的胳膊，眼眶里溢满了泪水。男人把她揽进怀里。

火车进了一个小站，缓缓地停下了。肖锦云说："我到站了。"

肖锦云抱着包裹下了车。不远处，两位老人等在风雪中。

# 那个周慕云一样的男人

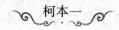

柯本一

　　尹小杏作为一个读圣贤书长大的女子，圈子单纯，人单纯。第一份工作的一个普通饭局上，她认识了一个不普通的人，让她发出"命中注定"的感慨。起初那人并未让尹小杏有深刻印象，然其在饭局中侃侃而谈，从古事谈到现状，聊人文也聊八卦，幽默且平易近人，不仅化解了众人担忧的尴尬冷场危机，又让人颇生好感。那人并不当桌上主角，而是知进知退，这让初出茅庐的尹小杏甚为佩服。如此，尹小杏就记住了他。

　　没有过多交集的人生，随会餐结束，就慢慢远离了。然命运偏偏不让他们失散，多日后的邂逅，让熄灭的记忆火花燃了起来。书店里人不算多，阴暗与明快的光影交织，映在一个个过客脸上。尹小杏在迷宫似的书架丛林里，悄然寻到了那个于静默中翻书的男人，只见他眉头锁了片刻，抬眼瞟见了正在走向他的上次饭局上认识的女人。似乎没有了上次的氛围，他也不再是尹小杏第一印象中的风趣男。他若有所思，平淡地笑着叫了尹小杏一声，一切那么平常，却足以激起尹小杏内心的万丈波澜。尹小杏本是普通女人，是不足以让人额外关注的女人，也就无机会让人深入探测其内心深度。自然，那人于此不会感受到尹小杏同样淡然的外表之下有何种内在心绪。他们浅聊关于书本的东西，最近读了谁的哪部书，对于书中细节有何感想，

关于人物的思想和故事大旨有何评价……尹小杏发现,尽管他们有些观点相左,却同样有着对文字本身的关怀。总站着说话终觉无趣,于是相约吃布丁甜点。谈话中,尹小杏发现自己彻头彻尾地丢失了那个饭局上的交际高手。同样健谈,他却被她看穿深藏内心的落寞,只是她不懂得怎样对待。每一个人内心都有一个隐秘的洞,他将灵魂藏于其中,别的人则视而不见。他一口一口把布丁送到嘴里,尹小杏握着勺子,陷入彷徨里。是谁让她探到一个眼神就不愿松开?没有谁,也许罪魁祸首是她自己。他们有一句没一句地聊着音乐、书籍、写作、往事,他答应,要给尹小杏看家里的珍贵藏书,还有曾费心收集到的影片,尹小杏很期待。他同时知道,尹小杏是个没有故事的女人,尹小杏也明了,他是个有故事的男人。

他习惯于夜里,叼着烟敲字。烟雾缭绕于室,他轻咳,起身,按下手边的唱片机。音乐流出来了,他调小音量,开窗,站在窗边,把徐徐轻风引进来。他明白,世界那么大,此刻他却是独自一人。当然,尹小杏是不会看到这一幕的,纵使看到了,她也不是那轻风,轻而易举就能闯进一个孤独的世界。

尹小杏一辈子也不会知道的是,那男人并非肆意地品咂伤痛,他看似紧闭的心门,实则虚掩着,用等待填满着。

他们约在一家唱片店里见面,尹小杏到的时候,他站着试听唱片,细长的手指捏着 CD 机,眼神若有所思地游离在唱片架上。尹小杏走了过去,他感觉到了脚步靠近。等她站定,他没有言语,径自将一个耳机塞进她耳朵里,瞬间音乐遍布世界。尹小杏脸红了一下,他没看见。尹小杏随手拿了一张唱片看起来,他问她:"喜欢吗?"她愣愣地点了下头。他们共享了一段午后的音乐时光。柔和的太阳光线从玻璃门窗洒进来,木头架子的香气混合着古朴的味道,店主的黑猫叫了一声溜走了,时间从不嫌恶周遭静谧的一切。后来他又挑了几张唱片,连同那张一起买下送给她。尹小杏手里捧着唱片,没有告诉他,其实她没有唱片机。

他也没有告诉她,他的故事应当从何说起。在匆匆的求学时光中,他遇到过一个人,他们渐渐走到了一起。如何从过去的时间挣脱?倘若一切云淡风轻,也就轻而易举,奈何无所用心却上心头。就在即将一起完成学业的时候,她却哭泣着离开了,没有回头,曲终人散的原因,是他伤害了她。任故事再长,梦再多,也终究不过是人生中一粒沙尘,吹到心口时,就隐隐地痛。他觉悟后开始寻找,却发现纵使找到逃往天边的她,时间却再也不对了,于是他开始等待在未来时空里的重逢。然而,重逢的世界遥遥无期,他的人生与她再无牵连。年少轻狂最喜梦,去去来来却成愁。尹小杏只在他的眼睛里看到了他本身,却在心中明白不能为他做任何事,哪怕是相安无事的陪伴。一个人面对另一个人有无能为力的感觉时,她就知道,是时候远离他了,尹小杏很单纯,但是够聪明。

电影里周慕云在历经身边多少女人后,仍然怀念着苏丽珍,前世、今生、未来,就只那一个女人。明知不可能了,明知她不是最好的,可就只能是她,除她以外都不行。也像小说里岛本说的,没有中间性。所以,尹小杏只是像看着身边过客一样,看着他慢慢、慢慢淡出城市森林。这样一个高傲孤独的人,他只是他本身,不是别人印象中的人。他不知道,尹小杏是目送他,而不是和他背对背分别。

很长时间以后,尹小杏又偶然听到他的消息——不出所料,他结婚了,和以前一样幸福生活着。尹小杏知道,他是幸福的,幸福只是幸福本身,不是别的。

# 犟驴

张爱国

到了镇上的碾坊，我、母亲、驴，都热得喘不过气来。母亲急忙将稻子从驴背上卸下，打来一桶井水，先让我喝个饱，再让驴喝个饱，她自己再灌个饱，最后将剩下的水浇到驴背上。

碾好米，天上有了黑云。母亲说："不好，秋雨一下路就不好走，我去把化肥也买了。"

很快，母亲提着半袋化肥火急火燎地回来，将化肥往驴背上一架，又将新碾的米架上。驴的四条腿不由得往下一弯。母亲一惊，想着要不要卸下一些什么，驴却"咯噔，咯噔"地走起来——它仿佛比母亲还着急。

"不好！"半路上，母亲突然的一句话吓了我一大跳，"刚才走得急，忘了带稻糠。"

"明天再来吧！"我生怕母亲要回头。

"不行！我就放在街边，即便不被人拿走，被雨水一泡也废了。没了稻糠，牲口吃什么？"母亲一边卸着驴背上的米和化肥，一边说，"你在这等，我去去就来。"

走出几步，母亲又停下来，低头看了看她身上的衣服："唉，早知道碰不到河西的人，穿它干什么！"我才明白母亲下午从家出发时为什么要特意换上这件新衣服了:我哥哥的未婚妻在河西村,母亲去年有一次穿着旧衣服到镇上时,被河西村的一个人看到后,回去对我哥哥未婚妻的父母说我家是怎么怎么穷,惹得对方差点儿吹了这门婚事。

"要是背上糠被袋子一磨,这新衣服就废了。"母亲轻叹一声,摸了摸驴头,"伙计,我们走吧。"驴似乎听懂了母亲的话,转过身"咯噔咯噔"地走了。

讨回了稻糠,母亲又赶紧将米袋往驴背上搬。这回,驴的四肢又重重地往下一弯。"伙计,累你了。"母亲说着又搬起化肥袋。驴突然摆动着背,不让母亲再往上搭。"听话!"母亲的语气像平时对我说话时一样。驴一听,老实了。

再走起来,驴明显有些吃不消,不时地停下来,还急躁地摆动着身子,似乎要把背上的货物给摆下来。母亲总是轻拍一下它的屁股,说一声"听话",它才不情愿地走起来。

离家还有两三里的时候,驴又停下来。"听话!"母亲又照例拍一下它的屁股。可是它还是不走,只激烈地扭动着自己的背。

"犟驴,听话!"母亲一连重重地拍了它好几下。它突然"嗷"一声吼叫,两条后腿往下一蹲,将背上的货物全掀到地上。

"犟驴……"母亲伸手又要去打它。它却突然用头将母亲一拱,母亲一屁股坐到地上。

"犟种! 还拱我!"母亲站起来的同时也捡起路边的一截树枝,刚作势要打它,它突然调转身,"啪"一个尥蹶子。母亲一闪,又一屁股坐到地上。

母亲连滚带爬地站起来,想转到它前面去牵它。它又转过来向母亲尥蹶子。母亲躲开。它不停下,一次次向着母亲尥蹶子。

见母亲不敢上前,我就要上去,母亲说:"不行,这犟驴疯了,谁都不认了。"母亲分明在哭求,"听话啊犟驴,这样会伤了你的蹄子的……"可是这驴就像一个顽皮的孩子,母亲越说,它越是尥得厉害。它似乎在用这种方式报复母亲让它驮了这么多货。

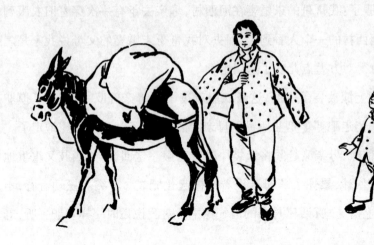

"好了,我来让你出气!"母亲像是突然来了气,脱下身上的新衣服,"我真不是偷懒啊!你说,我这件衣服要是背东西磨破了,我还穿什么见人?"

驴突然停下来,直盯着母亲手里的衣服。

"你轻一点儿啊!"母亲将衣服轻轻放到驴身下。驴两条前腿往衣服上一踩,两条后腿一踏,做好了炮蹶子的架势——这个蹶子一炮,衣服至少被扯成两片。

"轻一点儿啊……"母亲哭出了声。驴急忙收住即将炮出的那条腿,愣了愣,往衣服上一躺,发泄一般,打起滚儿来。

驴终于停下,爬起来,站到一旁。母亲急忙拿起衣服,抖了抖,除了灰,一点儿没破。

"哦,原来是化肥烧得你难受。"母亲抚摸着驴背上被化肥刺激得鲜红的皮肤,"犟东西,你有气可以向我撒,我有气向谁撒啊?"母亲伏在驴背上啜泣——这一年来,父亲在外做生意明明是赚了钱,却总说亏了,要么不回家,一回家就向母亲要钱,不给钱就拳脚相加。

驴像惹了祸的孩子,耷拉着脑袋,一动不动。

# 瘸 马

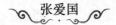

张爱国

　　秋后的天变起来也快得很。父亲出城的时候,橘红的太阳还悬在西天上,可转眼就被厚黑的云遮挡得严严实实。父亲不由得加快脚步,两袋180斤重的黄豆在肩上发出沉闷的"吱呀"声。

　　天越来越黑,雨点开始落下,砸在袋子上"啪啪"响。父亲心急如焚,他回家后还要连夜磨一架豆腐,明天挑到集市上卖。更糟糕的是,肩上的黄豆一旦受雨水浸泡,就会霉变发芽而废了。

　　按说应该走出这片荒草甸子了,可是……父亲停下脚,向前方看了看。昏暗中,他什么也看不见,远远近近连一盏灯火都没有。大概心急时间慢吧,父亲想,又急切地迈开大步。

　　不对,这么长时间两个荒草甸子也该穿过了!父亲猛然意识到自己迷路了。真是怪事,这条路不知走了多少回,怎么就迷了路?父亲停下来,放下担子,想了想,也难怪,往常都由瘸马驮着黄豆前面走,自己跟后面——老马识途,当然不会迷路。

　　天已黑透,雨还在下。父亲不停地四处张望,可依旧什么也看不见。不能再等了,必须立即走出去。父亲又挑起担子,告诉自己,就朝着一个方向笔直地走。

又走了个把小时,父亲懊恼地发现,他又走回了刚才停下来的地方。

父亲撂下担子,坐到黄豆袋子上。一坐下,父亲就感觉到冷,一摸,身上的衣服早已湿透——父亲早晨从家出门时天还闷热,只穿了一件单衣。秋风吹来,父亲不由得抱紧双臂,浑身颤抖。

这可怎么办?要是走不出去,这样的夜真能冻死人啊!父亲围着黄豆焦躁地转着圈子。

父亲突然感觉到周围的荒草丛里有声响——不是风声,是什么东西走来的声音,悄悄的,甚至是鬼鬼祟祟的。野兽?父亲虽然没有亲眼见过,但听说过这里有野兽出没。父亲一把操起扁担,端在手上。声音又消失了。父亲想可能是幻觉吧,就将扁担杵在地上。声音又响起,而且更近,就在前方,但黑暗中,他什么也看不见。

"嗨!"父亲猛然一声大喝。前方发出声响的什么东西显然受到了惊吓,立即静下来。父亲抱起扁担在身旁的荒草上狠狠劈了几下,又大喝几声——他想用气势吓走野兽。

"嗫!"一阵沉静后,突然传来一声骡马的响鼻声。父亲一惊。

"嗫!嗫!"响鼻声又响。

"瘸马!"父亲惊喜地叫道,"瘸马,是你吗?"

"嗫,嗫,嗫。"黑暗中,父亲分明感到一个黑影走过来。父亲丢下扁担,迎上去,一把抱上黑影——瘸马,悲喜交集:"老伙计,你还没有死啊……"

瘸马还是小马驹的时候,因为一条前腿有残疾而被主人遗弃,被爷爷捡回。在爷爷的照料下,瘸马长大了,虽然有残疾,但照样能帮爷爷驮货、拉磨。爷爷死后,瘸马帮父亲驮货、拉磨。可以说,没有瘸马,就没有我家的豆腐店,也没有我家新建的房子。今年春,瘸马太老了,实在干不动活儿了,可父亲又不忍心将它卖给牲口贩子遭屠杀,家里的条件又决定了不能白白地养它……父亲想来想去,将它牵到三十里外的地方丢下,自己偷偷跑了回来。

　　父亲本想瘸马在野外不过十天半个月就会饿死的,没想到它竟然活到了现在。父亲抱着瘸马的头,瘸马也将头拱在父亲的怀里。一人一马,似乎是久散重逢的亲人。

　　好一会儿,父亲放开瘸马,似乎是生气地往它头上一拍:"你这个老家伙,没死,怎么这么多天都不回家?"

　　"嘡!"瘸马算是回答了。

　　"也是,我遗弃了你,你当然不会再主动回家,"父亲轻轻摩挲着瘸马的头,"我知道,你这个老家伙,自尊心比我都强!"

　　父亲挑起黄豆要走的时候,瘸马拦着父亲不让走。"老伙计,你太老也太瘦了,我不能让你驮啊!"父亲叹息一声。瘸马不动。父亲没办法,将两袋黄豆架到瘸马背上。"咯噔,咯噔……"瘸马迈开蹄子就走。

　　半夜时分,父亲和瘸马终于到了家。父亲刚将黄豆从瘸马背上卸下,瘸马就走进它居住了近三十年的马厩,卧下。父亲给它端来草料,端来水,它不吃,也不喝。

　　天快亮时,等父亲磨好一架豆腐到马厩里一看,瘸马已死了多时。

# 老　骡

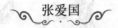

张爱国

　　奶奶拄着拐杖走进骡圈。老骡迎上来，用嘴拱奶奶拄拐杖的手。奶奶见圈里只有它一个，笑了："哟，它们都干活儿去啦，你一个享清福咯。"老骡一下子停止拱奶奶的动作，转身默默地走到圈角，卧下。

　　奶奶抓起一把草料，递到老骡嘴前："老家伙，慢慢吃，今天没人和你抢咯。"老骡刚伸出的嘴又不动了，只漠然地看着圈外。

　　"哟，娇气了，还想吃好的呢。"奶奶还是笑着，颤巍巍地走出来。

　　好一会儿，奶奶弄来一碗浸泡过的黄豆，扶着墙坐到老骡面前的槽上，将黄豆拌进草料，拍拍老骡的头："好家伙，我给你开的小灶，快吃。"老骡不动，只看着圈外，眼神茫然。

　　"哟，老东西，了不起啦，黄豆都不吃……"奶奶摸着老骡的头，絮絮叨叨。

　　"妈，怎么把黄豆给它吃？"母亲扛着锄头从地里回来，站在圈门口，"干活儿的骡子都吃不上，它又干不了活儿。"

　　"什么话呢？干不了活儿就该饿死？"奶奶不高兴，轻轻地抚摸着老骡。

　　母亲意识到自己的话不妥当，头一缩，钻进了屋。

　　接下来的两天里，奶奶想尽办法，老骡也一口不吃，除了喝几次水。奶奶很焦急,也很纳闷儿:"这是怎么啦? 越老越不像话啦……"

第二天傍晚,父亲赶着两匹年轻骡子从城里回来了,它们的背上都驮着重重的货物。卸了货,它们走进骡圈。老骡的眼睛似乎亮了亮,与它们相互打了响鼻,算是打了招呼。母亲端来草料,两匹年轻骡子立马争抢着吃起来。老骡只是站立一旁,看它们吃。

奶奶对母亲说:"老骡是病了,找兽医看看吧。"母亲丢下手里的活儿,就要去找兽医,却看见老骡在吃两匹年轻骡子吃剩的草料。

"哟,真是不糊涂啊,知道自己干不了活儿,就吃人家的剩饭。"奶奶扶着圈门,笑着。

"好啊,以后你也吃我们剩下的饭吧。"母亲在一旁冷冷地说。

"我是说老骡呢,我不是说我呢。"奶奶知道自己说错了话,戳着拐杖向母亲走来,"我说错话了,说错了,你别当真啊……"

母亲扭过头,偷偷地笑。

几天后,父亲牵出两匹年轻骡子,将收来的玉米、水稻、棉花往它们背上架。老骡走出来,将脊背往父亲面前一横,那架势和往常让父亲上货时一样。父亲大大的手掌在它背上一拍:"你老了,歇着去吧。"老骡不动,只看着父亲,还将横在父亲面前的背往下压了压,那样子分明叫父亲给它上货。

"别在这儿碍事,过去!"父亲又重重地给老骡一巴掌。老骡猛一低头,默默地回了圈。

这次进城,父亲三天后才回来。三天里,老骡也是一口草料都没有吃,除了喝水。后来的几天里,老骡也只是吃两匹年轻骡子吃剩的草料,豆饼和黄豆,碰都没碰一下。

"这真是怪了,让它在家养老,它还不领情。"父亲围着老骡摸来摸去——半个月不到,老骡消瘦得不成样子,而且毫无生气。

父亲再进城时,老骡又主动走来让父亲给它上货。父亲抱着它的头,要将它往圈里拉。它不动,眼睛直直地盯着父亲,似乎在乞求。

　　"带上它吧。"奶奶坐在墙角下剥着花生,"牲口也有志气,不能吃白食,吃白食活着还有什么劲儿啊?"

　　"它连走路都难了,还怎么驮货啊!"父亲摇着头。

　　"少驮一点儿吧。"奶奶说。

　　父亲叹口气,从一匹年轻骡子背上拎下一袋棉花,又分成两小袋,搭到老骡背上,拍一下它的屁股,用那一成不变的语气大声道:"伙计们,走啦——"老骡的眼睛里骤然有了光,迈开蹄子,"咯噔噔"走了。

　　父亲这次回来比计划晚了两天,原因是来回的路上,老骡虽然想拼命地赶路,但实在是心有余而力不足。父亲只得多次让三匹骡子都停下来休息。回到家,老骡并没有意识到它拖了父亲和两匹年轻骡子的后腿,反而像立了大功似的,很兴奋,跑到奶奶面前,拱拱奶奶的手,又跑到母亲面前,打几声响鼻。

　　母亲赶它进圈吃草料,它一见两匹年轻骡子已经在吃了,就像往常一样,抢起头推挤它们。两匹年轻骡子岿然不动,它却四蹄一软,瘫倒在地。

　　老骡没有再爬起来,半小时后就死了,神态很安详。

# 二叔,今天给你捋捋胡子

鹤 童

过年了,我必须回家。

刚进屋,看过老妈,等她端详完了,知道儿子脸还是脸,鼻子还是鼻子,满意地微微一笑,我就对妈说:"老妈,看完儿子了吗? 我要去看二叔。"

二叔躺在热炕头上,炕沿下放着一双翻毛皮鞋。他的头对着窗子,脚朝着炕沿。看到我进屋,他睁着的眼闭了一下,马上又睁开了。

"二叔,我看你来了。"他的眼睛连眨两下。"二叔,你身板咋样?"我的声音挺大,我们山里人就这样高嗓门儿,我知道二叔喜欢我这样喊话。他不说话,我也不急着听他回话,我知道他都听到了。他的眼睛开始笑了,这个笑沿着他的脸盘漾开,整个脸上的皱纹都水波一样荡开了,把鼻子、胡子推得有些抖。

我们叔侄俩就这样望了好久,二叔才从炕上坐起来,回答我两分钟前问的话:"我身板结实着呢,就是想你们兄弟几个。"

我迎上去,扶了二叔一把,又搀着他下炕。其实他身板结实着呢,根本不用帮忙,我只是趁搀扶的机会,摸摸二叔。

"二叔,今晚回老宅吃饭吧。"

我从炕沿根儿给二叔拾起翻毛皮鞋,帮他穿上。他凭着感觉配合我的

穿鞋动作,眼笑眯眯地望着我。他在前边走,我在他的身后一会儿左、一会儿右地护着他。

炕桌已经摆好。妈妈坐在炕头。我给二叔脱去翻毛皮鞋,顺手又往炕上抬一下他的双腿,二叔上炕了。弟媳往桌上端菜。农家的冬天,炕是滚烫的,屋里的空气有些凉。房顶棚和窗子总是透风,堵不住。针眼大的窟窿,斗大的风。所以,大碗菜中冒出的热气也就特别壮观,烘托了家人团聚的气氛。

我也随着二叔上炕了。坐了一会儿,屁股感觉有些烫,我把手往屁股底下一摸,原来炕上铺的不是秫秸席子,二弟换了地板革。

"咱喝啥酒?"

"我不喝啤酒。"

顺着二叔的心思,我说:"那就都喝凌川。"

二弟打开凌川,倒进酒壶,把壶在火盆中旋了旋,就插进了盆心。屋里弥漫着酒香。这香钻进鼻孔时,我闭了一下眼睛,好香啊!闻过之后,我又端起核桃大的小盅,用舌尖舔一舔,感觉酒还是香。

二叔喝着酒,我也喝着酒。二叔的眼睛一直没有离开我的脸,我不知道他盯着我脸的什么具体部位。我的眼睛一直盯着二叔,从他的眼睛开始,那里充满了慈祥……然后,是他的两颊,那里印着我的记忆。再后,我的目光就锁定了他的胡子。上边的那道每根都有半寸长,弧样弯曲,遮住了整个上唇;下巴颏儿那绺一寸半长,随着嚼动,轻轻地颤着。我的目光停留在二叔的胡子上,再也移不开。

"你看个啥?"

"看你胡子。"

"看我胡子?"

"二叔,今天我想帮你捋捋胡子。"二叔没再说话,只是脸上的笑更甜了一些。我伸出颤抖的手,这时,二叔的头向我这边探了探。我的手轻轻地捏了捏他的胡子,轻轻地牵了牵,又用手指捻了捻。二叔的眼角有些晶莹的闪动,我知道那里含住了泪水。

45 岁的孩子,捋着 75 岁叔叔的胡子。侄子和侄女看着我俩拍手欢叫,二弟和弟媳直直地望着我俩,妈妈的眼睛紧紧地盯着我的手。我把手轻轻地收回来,可目光仍然顽固地盯着二叔的胡子。二叔的胡子全是黑色的,爹爹的胡子在 50 岁的时候就黑白相间了。爹爹的胡子,最长时也就是半寸,好像比二叔的胡子硬一些。酒发些力,加上眼中的泪,我的视线有点儿模糊。我发现二叔好像爹爹。他们两个过去坐到一起不咋连相,但现在特像。"二叔,我还想给你捋捋胡子。"二叔的头又一次探了过来。我再次捻动二叔胡子的时候,泪水就滚了下来。

与二叔比,爹爹的右肩胛上还有一个小肉袋儿。小时候爹爹背我,我趴到爹爹背上总是含着这个肉袋儿。乡下人把身上的肉袋儿叫米袋儿。我这个晚来的宝贝儿子,就是含着爹爹的米袋儿长大的。可是,现在,我再也含不到爹爹的米袋了。

我的泪水一直在流。妈妈看着我,说:"好了,别闹了,吃饭。"

就要过大年了,我没跟他们说我想谁了。听妈的话,我乖乖地吃饭。

# 院里落叶

鹤　童

　　趴在我家的矮墙头上,把脑袋从豆角秧的空隙伸过去,就能看到隔壁大奶家的后院。

　　别人都夸大奶家的房子,那是庄里第一栋"北京平",用的是钢筋水泥红砖,与庄里的平房比鹤立鸡群。我要夸的是大奶家的后院,别人家种谷子玉米,她家种茄子辣椒西红柿。她家不缺粮食。我们院子里种粮食为了吃饱肚子,她家院子种菜是为了每顿饭都吃出好滋味儿。

　　大奶坐在后院的小板凳上,她盯着我的眼睛,她在看我的眼睛盯着她家院子里的啥。她用手指指茄子,我摇摇头;指指黄瓜,我又摇摇头。

　　她笑得露出一颗光灿灿的金牙,然后指指又圆又大的西红柿,我点点头。她站起身,踮着小步,摘一个挺大的西红柿,从墙头递过来,然后看我狼吞虎咽的吃相。这时,她开心地笑,从眼角一直笑到嘴角。

　　一入秋,我又盯着大奶家的后院,盯的是她家院里的两棵大柞树。这树长着挺大的叶子。夏天树叶子是绿的,一过霜降,叶子就红中透黄,跟小孩的脸蛋儿一样可爱,盯久了,可爱的小脸儿就冲着我笑。

　　过了霜降,树一落叶,我就背着一个篓子,到山上搂树叶——搂树叶烧炕烧灶。我们全庄的小孩儿都搂树叶,先搂离家近的,近的搂没了,就搂远的。搂叶子是我们孩子天大的事儿。多搂些叶子,才能给猪温泔水,我们才能在冬天的夜里睡热炕。

大奶家的二叔出息了,当了煤矿的矿长。她家烧煤,不烧柴,也不烧树叶。大奶家后院的两棵大柞树,每年都要落厚厚一层叶子,大奶把落叶搂到一起烧掉,草木灰是好肥料。太可惜了,我看着亮黄的落叶眼馋。太阳把落叶晒干了,风吹得叶子在地面打滚儿,哗啦啦的响声把我的心抓得痒痒的。

这时节,豆角秧让霜打蔫儿了,虽然仍是绿,但缩小了,透过叶的间隙我和大奶对望。大奶坐在小板凳上,晒薯干儿。她指指薯干儿,我摇摇头;指指她吃了一半儿的大苹果,我又摇摇头。她突然指了指这一地的落叶,我惊呆了:她咋猜到了我的心思?我点点头,又使劲儿地点点头。

"背着你的篓子,到我家后院来,把落叶搂走。"她笑着对我说,"只隔一道墙,这可是你搂得最近的叶子。"

这事儿突如其来,让我不知所措。我说:"大奶,这样大的事,得问问我妈。不知道我妈让不让我搂你家后院的叶子。"

妈妈很生气:"你个小傻子,有钱人就是不仁义,逗着孩子巧使唤人。她是变着法子,让你给她打扫后院,不行。"

我没法儿给大奶回话,好几天不敢看她家后院。过了两天,我往大奶家后院一看,嗬,大奶已经把黄灿灿的落叶搂拢三大堆儿,在太阳下闪着金光。

今天是大奶一直盯着我们院儿。我刚一露头儿,大奶就急忙用手指指这三堆落叶。看我不点头也不摇头,大奶就急忙踮着碎步走到我身边来,小声对我说:"我知道你妈的小心眼儿,奶奶已经搂堆儿了,你背着篓子过来装走吧,省着你到远处去搂叶子,背着篓子走那么多路。"看我拿不定主意,大奶明白了。她说:"还想问问你妈?"我点点头。

这回妈妈骂了我:"你个穷酸样儿,总往人家后院看啥!日子过好了,就显摆。我没听说过,到别人家后院搂叶子。山这么大,树这么多,去她家搂啥叶子!她家是金叶子还是银叶子!你没腿?!走几里路,能累断了?你个

没志气的东西,看人家院子的时辰,你就能到山上,搂一篓叶子回来了。以后,长点儿志气,别趴墙头子看别人家。"

过了两天,我背着一篓叶子回家,看到大奶家后院冒的烟蹿过房顶。我知道,那三堆落叶大奶烧粪了。往年,我看到过大奶家烧粪,要挖个大坑,把叶子压到坑里,上边再压上一层土,点着它,又不让它起火,一点点烟儿。这一堆叶子要烧两三天,烧完了,坑里就是一堆好粪。

听妈妈的话,我没敢再看大奶家的后院。我告诉妈妈:"大奶家后院烧粪了。"妈妈说:"两天烟了,呛得人咳嗽。为富不仁,这才是真呢!叶子落了烧成灰,肥水不流外人田呢!"

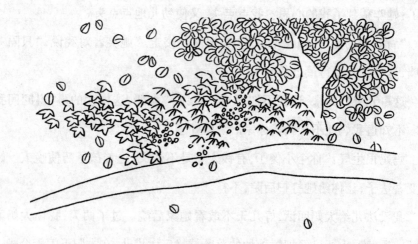

# 小 酒 馆

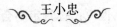

王小忠

十年前一个乌云密布的午后，我喝了一瓶酒，然后提着斧子去了柏木林，砍了一堆柏木，做了许多家具，卖到羚市后，我就成有钱人了。几月后，我又喝了两瓶，又砍了柏木，做了家具。再后来，我的生意真做大了，可村子成了穷孩子，赤身裸体站在只有木桩而没有树木的山底下。村子没有柏木林的掩护，豹子就开始下山了。起初是夜晚，后来在白天也会出现。牛羊被吃掉，有时候大人小孩也会被吃掉。都是那瓶酒惹的祸，如果不喝酒，我就不会去砍柏木林；如果不砍柏木林，豹子就不会下山；如果豹子不下山，牛羊，大人小孩就不会被吃掉。总之，是那瓶酒惹的祸。

这个人是漂泊者来到麻路镇遇到的第一个怪人，他手里提着一把生锈了的斧子，不停地说。漂泊者恐惧地看着他，不明白他到底在说什么。

"扎古录小酒馆你知道吧？"那人问漂泊者。

哦！漂泊者想起来了。就是那个被洮河围拥起来的风光旖旎的扎古录，他记得小镇子上有个小酒馆，小酒馆里有个花哨的老板娘，眼睛十分好看。

"记得。就是黑眼睛老板娘的小酒馆吧？"漂泊者说。

"对对对，就是那个小酒馆。"那人又说，"我喝酒的那天你也在，老板娘

说她记得很清楚。"

"不不不，我可一点都记不起来。"漂泊者慌忙说。

"你一定记得。"那人说，"那天你一直瞅着人家，人家可记住你了。"

漂泊者伸出手，擦了一把额头上的汗珠："不可能，她怎么会记得我?"

那人愣了一下，然后裂开大嘴巴笑起来。"你甭担心，我和她没啥关系，我只是打听到那天的酒瓶全让你捡走了。"

漂泊者松了一口气，说："我不记得了。"

这次轮到那人紧张起来，他说："你肯定不会忘记，是当年最流行的方形酒瓶，那么好的酒瓶你肯定舍不得扔掉。"

漂泊者怎么也想不起来了，他只好带着那人来到后院，指着墙角处一堆废瓶子说："你自己去找吧。"

后院的墙角处堆了几百个各种各样的废瓶子，那人从中午找到黄昏，终于找到了三个方形的瓶子。

"找到了!"那人抱着三个方形空酒瓶非常激动。

"找到了就好……"漂泊者不知道该说些什么。

为表达真诚，那人给了漂泊者一百元钱，并且说："你还能保存着这些酒瓶。你知道吗? 它们就是祸首，我必须感谢你。"

漂泊者吃惊不小，同时也高兴不已。那些破瓶子捡来很久了，最初他想用它们围个花园，后来又想把它们化成玻璃水，做成工艺品，再后来又想卖掉它们。可他的想法一件都没实现，于是它们一直被搁置在墙角处。

那人又说："我想结果了它们，就在你这儿，你不介意吧?"

漂泊者依旧不明白他的意思，只是点了点头。

那人立刻将三个方形空酒瓶摔碎在地，并且用斧子砸成了碎末。

过了几日，第二个怪人又找上门来了。他依然滔滔不绝说起扎古录小酒馆，说十年前他在那个小酒馆里喝了一瓶酒，砸了别人的摩托车，现在来寻找那个让他付出沉重代价的祸首。

漂泊者没说什么,带他去了后院。那人找到了一个圆形的空瓶酒,给了漂泊者一百元钱,就地哑碎了瓶子,转身走了。

几日过后,漂泊者的门前挤满了各种不同的怪人,都是来寻找祸首的。可是漂泊者的大门一直吊着锁。

漂泊者离开了麻路,去扎古录小镇的那个小酒馆了。小酒馆一点都没变,老板娘更花哨了,眼睛像黑宝石一样闪闪发亮。漂泊者注视了她很久,可她丝毫没有在意他的存在。

漂泊者每天很晚才回来,那个不大的后院已经堆满了各种各样的垃圾。漂泊者是个有心人,他还将那些垃圾分了类,而且在前院挖了两个坑,一个用来焚烧,一个用来砸瓶。

一日,两日,三日……

一月,两月,三月……

无数的怪人来漂泊者的院子里找酒瓶子,找那些让他们变得人不人鬼不鬼的"罪魁祸首",找到了就砸,砸完就抱头痛哭,哭完了才走。

漂泊者早就从这里看到了商机。他不停地到处捡空酒瓶,捡来的空酒瓶子在他的院子里摞成了一堵墙。他向每个来找酒瓶子的怪人收钱,他说每个酒瓶里都装着一个害人的"魔鬼",每个"魔鬼"酒瓶要收和这瓶酒一样

的价钱。

半年过去了，漂泊者攒了不少钱。他要开一家小酒馆的梦想越来越近了。

这天终于来了一个人，他面色憔悴，身形单薄，一来就拉住漂泊者的手，表现出万分感谢的样子。他说在十年前，他在扎古录小酒馆里喝了一瓶酒，失手砍伤了一个人，蹲了好些年监狱，终于出来了，他要找到那个让他犯罪的祸首并把它珍藏起来，作为一生的警惕，并且流传后世。

漂泊者听说他要收藏那个祸首，又暗自涨了价码。

漂泊者说："今日不同往昔呀，如果你要拿走祸首，同样是要付出代价的。如果你想就地结果它，前院里有坑。考虑到你的诚心，给你打八折吧。"

那人听后就愣住了，过了一会儿，他号啕大哭着走出了漂泊者的院子。

从此后，漂泊者的门前再也没有人来过。他的小酒馆也没有开起来。

# 鬃 匠

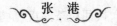

张·港

　　五花草能让牛羊甩开嘴了,铃铛麦尖尖朝天,将要晃出铃铛。牧人将一岁小马拢到一起,草地上烟尘滚滚。这天就是剪鬃节。牧人向德高望重的老人敬酒、献哈达,然后托盘子将大剪子交给老人。剪子人人会用,这只不过是对老人的敬重,这是个仪式。骑手将马驹套至剪鬃老人跟前,致祝词,向马驹泼洒奶酒,在脑门涂抹奶油,然后就开始剪鬃。所有的马驹全打完了鬃,就是摔跤、赛马、喝酒、唱歌。打鬃节其实是马驹的成年仪式,成年马一般就不再剪鬃了。也就是说,从来没有专门剪马鬃的鬃匠。

　　清朝时,草原至京城有条驿道,来往的是信使、官人、商客。

　　驿道边,坐个衣裳破烂的老头儿。老人自称鬃匠,坐皮口袋上,唱着"这鬃毛涂油似的光亮,这体格如石头一样健壮",眼睛盯着过往的马。有的马,他说得剪鬃了,要不会生毛病。有的人停马要求剪鬃,他却说剪不得,再等一个月。过客多是对老人笑笑:"剪鬃节是有,但是没这么剪的。"

　　一位将军便装简行,由京城回齐齐哈尔,在驿站住下。他听了一阵子,与老鬃匠贴近聊天。鬃匠说:"往南走越走越热,正是春天,马肝火旺,鬃长怕捂热了肝。往北走,天还冷着,早剪了鬃,寒气进肤容易得病……"

　　将军品咂出门道,牵出自己的坐骑,说:"老人家,您看我的马,要剪

147

鬃不?"

将军之马长鬃拂地,威武异常。老人道:"此乃非常之马,将军之马,只是,这鬃非剪不可。"

"好眼力!此马跟我久经战斗,从无闪失,为何要剪去威猛之鬃?"

"如此长鬃,拼杀起来,马打盘旋,万一捎上刀尖,兵刃差了准头儿,那可要出大事。事有万一,非剪不可。"

"要多少钱?"

"从不要钱,只将鬃留下,换回粗茶淡饭,足够了。"

"可愿意跟我到军中?"

"年老体弱,怎能从军?"

"你跟着我,别的甭问,只管剪鬃,也是为国家效力。"

就这样,老鬃匠到了军中,归粮草官旗下,吃上俸禄。营中窃窃私语,有说这老头子是军中累赘,有说这老头子是将军亲属,将军这事办得不亮堂。

说着说着仗就打起来了。大军西征,士气正盛,战马正壮,挺进沙漠。

鬃匠找将军说:"今春水大,虻子孳盛,要全部剪鬃,否则虫藏鬃下,吸血钻肉,却轰撵不去,军马恐有危害。"

将军下令:"全部剪鬃。"

将领们心中愤愤:我等久在军旅,杀敌无数,却要听一个糟老头子摆弄,这算什么道理?左路军硬是没有听令剪鬃。

不多日,左路军有马炸群,乱了行阵,跟不上大队。官佐们这才稍稍知道鬃匠的道理。将军升帐,老鬃匠位列粮草官之后,每将散会,将军必问鬃匠可有事情。

鬃匠天天无事,在大车上铺上松软的装鬃大口袋,躺着晒太阳,唱:"嫩江清清绿草场,放开蹄子向远地方……"再就是喝茶,再就是睡觉。军中戏称一不站哨、二不搬运的老鬃匠为"中将军"。兵士们寻机跳上大车,在松软的大口袋上踩一踩、躺一躺,盘算着口袋里的马鬃能换多少酒喝。

一战又战，兵士疲惫，马匹羸弱。前方探报："敌军杀来，从马匹扬尘看，人数众多，甚是强壮。"

战必败，将军下令撤退。

退进一片树林，并未见敌军旗帜烟尘。将军下令稍息。

将军左右寻不见鬃匠，问粮草官。粮草官说："敌情突然，撤退急迫，顾不得也。"

将军大怒："怎可扔下老人！快快去找。"

这是迎敌找人，粮草官叫苦不迭，正在踌躇，探马来报，远处单独一挂大车向这边来。

众将奇怪，只见一辆马车悠然而行，车上躺着一人，正是鬃匠。

粮草官抽刀怒对老鬃匠："敌军就要杀来，你这等悠闲？可是引导噶尔丹？"

鬃匠起身道："敌军不会来了。"

众将惊讶："你怎知得？"

鬃匠道："我已将口袋一一扔下。他们不会来了。"

"口袋？"

　　鬃匠缓缓道:"上次剪鬃,我军马膘肥体壮,鬃里带油,润泽光亮。敌军狡黠多诈,又最懂马,看到马鬃,认定我们兵强马壮。兵强马壮却撤退,定有埋伏。于是,不敢进兵。"

　　将军瞭望远方,道:"我得姜尚姜子牙!"